U0128159

# 大學文學培力

導覽・筆記・採訪・創作・體察・聲引
敘事・創作・體察・聲引

僑光科技大學國文編輯委員會
編著

僑光科技大學通識教育中心

國家圖書館出版品預行編目（CIP）資料

大學文學培力 / 僑光科技大學國文編輯委員會編著. -- 初版. -- 臺中市：僑光科技大學通識教育中心；高雄
市：麗文文化事業股份有限公司, 2023.08
　　面；　公分
ISBN 978-986-5735-12-8（平裝）
1.CST: 國文科 2.CST: 讀本
836　　112008483

# 大學文學培力

| 編　　　著 | 僑光科技大學國文編輯委員會 |
| 發　行　人 | 余致力 |
| 編　　　輯 | 張如芷 |
| 封 面 設 計 | 曹淨雯 |
| 內 文 排 版 | 徐慶鐘 |

出 版 者　僑光科技大學通識教育中心
　　　　　407805 臺中市西屯區僑光路 100 號
　　　　　電話：04-27016855 轉 2182
合作出版者　麗文文化事業股份有限公司
　　　　　802019 高雄市苓雅區五福一路 57 號 2 樓之 2
　　　　　電話：07-2265267
　　　　　傳真：07-2233073
　　　　　購書專線：07-2265267 轉 236
　　　　　E-mail：order@liwen.com.tw
　　　　　LINE ID：@sxs1780d
　　　　　線上購書：https://www.chuliu.com.tw/
臺北分公司　100003 臺北市中正區重慶南路一段 57 號 10 樓之 12
　　　　　電話：02-29222396
　　　　　傳真：02-29220464
法 律 顧 問　林廷隆律師
　　　　　電話：02-29658212

刷　　　次　初版一刷・2023 年 8 月／初版二刷・2024 年 9 月
定　　　價　350 元
I　S　B　N　978-986-5735-12-8（平裝）

# 賜你八種文學力

《大學文學培力》是《大學文學錦囊》2.0 進化版。

培力（empowerment）是指：「增加我們掌控自己生活的能力」。《大學文學培力》（*Empowerment with Chinese Literature Learning in University*）就是傳授可活學活用的八種文學力，讓大學生掌控自己大學生活的能力為之倍增。

大學生莫不激賞於網紅的舌粲蓮花，那樣令人心醉神迷。《大學文學培力》的目標，就是要全方位地訓練大學生，使之能言善道，風趣有料，贏得好感。

首先賜你導覽力。內行看門道，外行看熱鬧，就以臺中文學館為例，示範如何走讀，從地景導覽在地人文風情，使閱聽者獲得知性與感性兼具的難忘體驗。

古代文人的山水遊記，分享旅遊體驗，性質無異於 YouTuber 拍攝的旅遊短片。善學者可從山水遊記的鋪陳與趣味性的掌握，領悟如何拍攝高點閱率的導遊影片。

導覽內容不宜冗贅，必須去蕪存菁。然則，筆記力快狠準的功夫，甚是重要。就像關公「百萬軍中取上將首級」，這是立威的霹靂手段。就賜你筆記力吧！

要言之有物，就需先廣泛蒐集有價值的豐富素材。此時採訪力便派上用場。出國可採訪異國文化，在國內也可採訪來自境外的新住民多元文化，多多益善。

要發表精彩，則扣緊主題的敘事力不可或缺。從敘事詩到小說，都應取法。

按部就班地導覽、採訪、敘事，都不免步履沉重。那麼就放下包袱，來寫

一行詩吧！卸下格律的枷鎖，讓思緒放飛，凝聚為輕盈的詩語，不是很美妙嗎？

當然亦可分享個人獨特情趣，揮灑為網路散文，享受創作快感，鍛鍊創作力。

詩文何以令人驚艷？除靠妙筆生花，點鐵成金以外，思想深度至為關鍵。將體諒與洞察共冶一爐而煉成的獨立思考能力，足令閱聽者心服口服，拍案叫絕。

文學不僅僅是案頭文章，也可表現為口語的妙語如珠。可惜聲引力（聲音吸引力）往往被忽略。須知 YouTuber 倚重其聲引力。就把聲引力賜予你，請笑納！

從目次上看，共賜你導覽力、筆記力、採訪力、敘事力、創作力、體察力、聲引力等七種文學力。其實，各單元間還藏了五篇文言課文，期望能一點一滴地累積文言力，在不知不覺中，取得開啟中華文化智慧寶庫的鑰匙。

師傅引進門，修行靠徒弟，能否悉數獲得八種文學力，就看你有多用功了。

僑光科技大學
通識教育中心國文編輯委員會

中華民國一一二年四月二十三日

# 目次

序：賜你八種文學力

| 單元 1 | 導覽力 | | **001** |
|---|---|---|---|
| **1.1** | 導覽／洪鵬程　編撰 | | 003 |
| | 走讀「臺中文學館」／洪鵬程 | | 004 |
| **1.2** | 遊興／蔡振璋　編撰 | | 017 |
| | 遊虞山記／沈德潛 | | 020 |

| 單元 2 | 筆記力 | | **027** |
|---|---|---|---|
| **2.1** | 文學／石櫻櫻　編撰 | | 029 |
| | 〈林冲夜奔〉聲音的戲劇／楊牧 | | 030 |

| 單元 3 | 採訪力 | | **053** |
|---|---|---|---|
| **3.1** | 人物／洪銘吉　編撰 | | 056 |
| | 鑒真與唐招提寺（節錄）／林文月 | | 059 |
| **3.2** | 族群／李世珍　編撰 | | 075 |
| | 關於愛／王磊（Loso Abdi）著；鍾妙燕譯 | | 079 |

| 單元 4 | 敘事力 | | **99** |
|---|---|---|---|
| **4.1** | 情傷／劉素玲　編撰 | | 103 |
| | 詩經・衛風・氓 | | 105 |
| **4.2** | 錯付／簡秀娟　編撰 | | 111 |
| | 任氏傳／沈既濟 | | 113 |

| 單元 5 | 創作力 | 123 |
|---|---|---|
| **5.1** | 詩情畫意一行詩／廖慧美　編撰 | 126 |
| | 一行詩／沈志方 | 129 |
| **5.2** | 隨筆浪漫網路文學／廖慧美　編撰 | 145 |
| | 麵，湯麵／沈志方 | 148 |
| | 損了又貢的丸——自閉抗疫，何以解饞？寫篇貢丸／沈志方 | 150 |
| 單元 6 | 體察力 | 155 |
| **6.1** | 換位／陳惠美、趙惠芬　編撰 | 157 |
| | 中山狼傳／馬中錫 | 158 |
| 單元 7 | 聲引力 | 171 |
| **7.1** | 聲情／賴崇仁　編撰 | 173 |
| | 此時無聲勝有聲？窺探聲音的表情／賴崇仁 | 174 |

單元1

導覽力

1.1
導覽／洪鵬程　編撰
走讀「臺中文學館」／洪鵬程

1.2
遊興／蔡振璋　編撰
遊虞山記／沈德潛

# 1.0 | 導讀

　　在你我日常生活的熟悉環境裡，或是走訪異地置身陌生場域中，對於映入眼簾的人文與自然地景，是僅止於習以為常，還是走馬看花？如果，能夠了解地景被形塑而成的來龍去脈，即能進一步認識其營造的歷史淵源，抑或是渾然的天造地設。

　　例如，藉由蒐集背景資訊，嘗試以不同的視角閱讀一幢古厝，這樣的老建築，可能位在你的故鄉，在你的日常行腳處，或在旅行途中；它可能是古蹟，可能是歷史建築，是被登錄的文化資產，甚至建築本體已經進行活化再利用。設想，外縣市的朋友造訪，你將如何介紹故鄉的地景，並擴及在地的人文風情？或者，你也可以進行一場完整的導覽。

　　在考察地景歷時性背景的同時，即可連結當地社會的發展脈絡，而獲得系統性的知識，並提煉蘊含於其中的故事性，配合實地踏查與空間建立對話，思考設計導覽步驟，轉譯而成導覽文字與口述話語，訓練敘事力與口語表達能力，同時養成導覽力。

　　透過實作練習，導覽力勢可漸次發揮至一條老街、一個街廓，甚至是一個聚落。至於古人的山水遊記以及今人的旅行文學，運筆描摹眼之所見、耳之所聞與心之所感，同樣也是導覽力的發揮，透過文字帶領讀者置身於特定時空之中，歷經一趟豐富的旅程。

　　從鄉村到都市，從田野到山林，導覽力之運用可以無所不在，而成功的導覽活動，除了能使閱聽者獲得兼具知性與感性的體驗，同時，在聯合國積極推動達成永續發展目標（Sustainable Development Goals, SDGs）之際，也能夠激發文化永續保存與自然環境保護的共鳴。

# 1.1 導覽

洪鵬程　編撰

## 1.1.1　解題

　　坐落於臺中市西區樂群街的「臺中文學館」，前身為日治時期警察宿舍群，市府將之登錄為歷史建築後，經過活化再利用，闢建而成文學博物館，構築而成舊城區裡新的文化地景。

　　1932 年興建完成的樂群街警察宿舍群，是日治時期遺留至今的歷史建物，具有獨特的文化風格與歷史淵源。基於永續保存文化資產的理念，臺中市政府文化局於 2009 年將其登錄為歷史建築，摒除其他開發計畫，並以「臺中文學館」為定位，2010 年 4 月進行修復與活化，至 2016 年完工，於當年 8 月 26 日各館舍全面開放。

　　臺中文學館的設置包含常設館、主題館、兒童文學區、研習講堂、主題餐廳，以及館舍外圍的臺中文學公園。參照文學館導覽折頁的簡介，館舍以展覽、研習與推廣文學為主要用途，透過多元的展示方式及數位互動體驗，達到文學教育與文化休閒之目的。

　　本文改寫自作者〈走讀「臺中文學館」—文學博物館的後殖民敘事〉[1]一文，透過博物館學與文化資產活化再利用等相關視角，藉由文字導覽，提供走讀臺中文學館的閱讀策略。

## 1.1.2　作者

　　洪鵬程，僑光科技大學副教授，著有《臺灣農民小說發展史（1920-1980 年代）》（2019）。

---

[1] 〈走讀「臺中文學館」—文學博物館的後殖民敘事〉一文可參閱：《臺中教育大學學報：人文藝術類》第 34 卷 第 2 期，2020 年。網址：http://ord221145.ntcu.edu.tw/file/bb747a6e_20201216.pdf。

### 1.1.3 課文

## 走讀「臺中文學館」

洪鵬程

## 一、前言

現今「臺中文學館」包含臺中文學公園的範圍，原為日治時期社區型警察宿舍群，坐落於臺中市西區樂群街與自立街街區，比鄰第五市場與柳川河畔。一眾日式建築歷經斗轉星移[1]，早已傾圮[2]殘破、人去屋空，本已預計拆除整地興建為停車場，然經民意代表奔走爭取與市府的支持，登錄為歷史建築[3]後，取捨屋宇、修葺牆瓦，將如是文化資產透過活化再利用，闢建而成文學博物館，設計構築而成臺中市舊城區裡新的文化地景[4]。

修建完成的臺中文學館，其館舍建物內外與文學公園，採取新舊併呈的規劃，在易於親近的開放式空間布局之外，強調維持日式建築

---

[1] 斗轉星移：表示時序移轉，光陰流逝。

[2] 傾圮：倒塌毀壞。圮，ㄆㄧˇ，毀壞、傾倒。

[3] 歷史建築乃屬於「有形」文化資產，依據我國《文化資產保存法》之定義，指歷史事件所定著或具有歷史性、地方性、特殊性之文化、藝術價值，應予保存之建造物及附屬設施。

[4] 「文化地景」翻譯自英文：cultural landscape，或譯為「文化景觀」。

外觀與架構,也適度地保留舊街區的紋理,使得原有景觀所蘊含的地
景文化與歷史脈絡,並未湮沒或遭到抹除,因而,在新世紀裡屬於該
區域的舊城[5]氛圍,亦未全然消弭。

　　民眾藉由免費參觀或休憩活動,置身於臺中文學館所布置的場域
裡,感染懷舊風情之餘,同時也能夠透過展示、陳列、文學意象造景
與數位互動裝置,認識大臺中地區文學發展的軌跡與臺灣文學的風貌。

## 二、博物館學的翻轉

　　自 20 世紀的 1970 年代開始,由於法國「生態博物館」[6]
(ecomuseum)觀念興起的影響,關於博物館的定位與本質便掀起
了廣泛的討論,及至 1980 年代,遂激盪出「新博物館學」[7](new
museology)的思潮,從而逐漸改變了傳統博物館僅具收藏與展示功能
的樣貌,跳脫過往既定印象與局限,進一步能反映外在客觀環境發展
的需求,同時強化與社會文化真實面緊密的連結與互動[8],讓博物館
不再僅是大雅之堂,幽深而冰冷。

　　博物館的功能性能夠也理應呈現的是文化的本質、社會文化與生
態的關係,是人類及其活動結果的鏡映。而文化是活潑動態的,滾動
式地相應於客觀環境的遞嬗[9]變異。觀察文學活動包含作家的創作、作
品的出版與文學思潮的湧動,同樣也相應於社會的變遷,也同樣是文
化的圖像與表徵,與博物館的保存、展示和社會教育方式相互結合,

---

5　泛指現今臺中市中區、西區一帶。

6　生態博物館,又稱「環境博物館」,強調居民的參與,呈現和保存人類群體生
　　活,重視環境與人類之間的緊密關係。參見呂理政(1999),《博物館展示的傳
　　統與展望》。

7　新博物館學認為,博物館不應該只具備館藏維護與策展的功能性,而是更需要
　　以人為本,與人交流及互動,透過對話並交換知識,具備更多的社會性。

8　參見呂理政(1999),《博物館展示的傳統與展望》。

9　遞嬗,ㄉㄧˋ ㄕㄢˋ,交替轉換。嬗,轉換。

心得寫作

則當是能提供認識文學（文化）的良善途徑，有助於整體社會文化的提升與永續發展，並深耕人文素養。

現代博物館的設立與運作，已經積極朝向建構與人群或社區環境密切結合的方向發展，甚至主動邀請居（住）民參與、管理、導覽等，融入於日常生活之中，結合過去、現在與未來，貼合自然與人文，甚至是跨領域學門整合的展演，營造「活生生」的博物館。由此，博物館的展示模式產生蛻變，其趨勢是力求展示內容背後所蘊含的社會關係網絡與歷史真實，能夠全面而清晰地呈現，主張「以人的環境或人的觀點來呈現自然」，達致「museum of man」的目的[10]。這樣的改變，使得博物館不再只是「保存過去」的時間膠囊，應由人文關懷的現實角度出發，觀照眼下具體生活的真實，而非僅是客觀科學知識的索求場域與管道而已。

當今世界變動快速翻騰，世界各地工業化、都市化的腳步似乎未有停歇，就傳播而言，除了資訊受到嚴格箝制或基礎建設相對薄弱的國度外，網路的便捷與行動裝置的普及，已使得資訊的分享與取得，早已突破舊有的藩籬，文化論述也難以再倚賴霸權形成大敘述[11]（grand narrative），進而掌控話語權而無法挑戰，因而，文化相對論[12]受到重視與強調，所呈現的面貌更是複調多元。

全球化趨勢籠罩下，在文化同質化與異質化[13]之間緊張的互動關係裡，博物館也應該嘗試跨出門檻，以更多元開放的心態將文化資產呈現給社會大眾；而當「新博物館學」已將傳統博物館的功能性，從

---

10 參見許功明（1998），《博物館與原住民》。

11 大敘述（grand narrative），又稱大敘事、元敘事。本文藉以指稱隱含權威與意識形態的論述。

12 文化相對論主張一個文化的表現，其他的文化觀點無權加以評斷優劣對錯，應該尊重文化的多元價值。

13 文化同質化即指各地的生活模式、價值觀等愈來愈趨於相似，是全球化的重要影響；異質化則反之，保有在地文化，多元呈現。

「擁有」轉為「詮釋」之際[14]，臺灣也在接續「社區總體營造」的在地住民空間演繹之後，又推行了「地方文化館計畫」，呼應社會教育模式的推陳出新、觀光休閒娛樂的大眾生活消費所需，以及地方政府與地方族群對保留延續在地特色的高漲意識，致使眾多類博物館（quasi-museums）性質的地方文化館、文學博物館相繼出現，並且解構了傳統博物館概念，採取多樣混雜的創新作法，而「臺中文學館」的創設，堪稱是鮮明的實例。

依據「國際文學博物館委員會」（ICLM）對「文學博物館」的定義，是為：「以文學史、文學傳記、文學創作者為主題定位的博物館或作（曲）家故居」。同時，觀察前行相關研究論述也將臺灣各地目前設有的文學博物館，酌分成：作家故居紀念館、作家主題博物館、文學作品博物館與綜合文學博物館等四種類型，而各類文學館設置的訴求目的，則是諸如：緬懷作家風範、展現臺灣文學意識、發展社區營造與地方觀光、建構國家及地方文學史等[15]，不一而足。

準此，則臺中文學館館舍內外運用各種媒材，展示臺中（臺灣）文學發展歷程以及作家生平事蹟、作品以為場館主題，試圖建構地方文學史並展現臺灣文學意識的定位與實踐，大抵符合上述定義，屬於綜合文學博物館類型，當可以「類博物館」性質的「文學博物館」名之。

所以，臺中文學館扮演著「新博物館學」趨勢下的角色，在具備鮮明多元文化的臺中（臺灣）舞台上，所要詮釋的，是臺中（臺灣）文學的發展歷程；所要凸顯的，是臺灣在地文化色彩；所要建構的，是有別於紙本紀錄的臺灣歷史記憶。

## 三、敘事載體與地景閱讀

根據建築師謝文泰接受「見學館」訪問時（2018），自陳臺中文

---

14 參見楊翎（2004），〈全球化與大英博物館〉，《博物館學季刊》。

15 參見陳佳利（2011），〈博物館中的文學風景—臺灣文學博物館的發展脈絡與展示內涵之研究〉，《博物館學季刊》。

學館的設計理念是——「打破文學館作為文學忠烈祠的恐怖迷思」。具體做法即是拿掉圍牆,讓文學館融入周遭地景與市民生活,藉由開放性公園引領民眾進入文學場域,在第五市場對街建立令人親近的入口意象,期盼透過此歷史建築將「公共性、文學性跟都市關係連結在一起」,可見其設計立意在公共性、都市關係,甚至是整體園區規劃上,均頗為貼合現代博物館的發展方向,朝向於積極與人群或社區環境緊密結合。

相異於同以「文學」為名、也是歷史建築活化利用,兼具博物館與圖書館功能的臺南市「國立臺灣文學館」,臺中文學館並無館藏文物或典冊,其主要的功能,在於提供民眾一個認識臺中(臺灣)文學的窗口與途徑,同時也是市民休憩的場所,誠然是一處易於接近、深具包容性的公共空間。鄰近住民即使不為文學而來,亦可日涉園以成趣,悠游沉浸於其中,並怡然自得。

實地走訪文學館將會發現,不管是經由館舍旁的樂群街,或是途經緊鄰文學公園的自立街、柳川東街,一般民眾路過此地大有可能會錯過,如下圖所示:

▲ 樂群街方向

▲ 自立街方向

　　足見文學館當初在館舍與公園的設計規劃上，相當程度地保留街區的地貌，似乎消融於周遭環境所形成的街景裡，在景觀上顯得和諧自然，加以樹木蓊鬱蒼翠，靜謐而安詳，頗有大隱於市[16]的況味[17]。翻修闢建的結果，不至於突兀地標新立異，見其用心。

　　歷史建築即是文化資產，同時也是文化地景，而文化地景亦即是文本[18]，承載著尺度不一的區域、族群，以至於國家的歷史發展脈絡與文化變遷樣貌；甚至尤有甚者，能夠代表住民自我身分認同與族群意識趨向的依歸，因此往往是蘊含豐富的敘事載體。藉由對文化地景的解讀，猶如查閱彼時、當地社會發展真實內蘊的文本紀錄。

　　日式建築的警察宿舍經過修復與再利用，雖已令歷史建築「活化」而能與現代社會並存，與住民對話，同時也等待被發掘與閱讀，聯結空間場域與歷史文化。然而，若嘗試加以深究，作為敘事載體的臺中文學館，實是含有多層次內容的文化地景。

---

16　大隱於市：本指能在城市喧囂中過著隱逸生活，此處形容臺中文學館如隱士般低調而靜默。

17　況味：指景況與情味。

18　文本：本指各種語言文字、符號或影像的文件或作品，這裡借以指稱地景的可閱讀性。

除了日治時期警察宿舍本身是兼具空間維度及敘事性的載體之外,經由詮釋與建構(活化再利用),已經附加了不同的地景意義,甚至是解放性的力量,原來的地景,已經悄然轉換了敘事的方式,同時也內含了不同的故事性。承載著過往,但也不停蛻變向前,相應於文化是活潑滾動的演進真實。

臺中文學館的文學性敘事,是植基於由廖振富與楊翠兩位教授所編著、臺中市文化局出版的《臺中文學史》,書中緒論即清楚說明:「本書之撰寫方向與內容設計,除兼顧學術性、普及性之外,也考慮與未來(文學館)之展示規劃主題配合,進行各種相關議題之探討,諸如地景、性別、族群文學、兒童文學等」,可見出當時市府的用意。

《臺中文學史》雖是區域文學史,但在呈現臺中文學發展歷程之外,也透過多元議題探討,同時表現了臺灣文學諸多悲情與抗爭的姿態。因而,援此規劃臺中文學館的展示主題,則除了透過不同媒材,陳列展示眾多臺中文學作家生平事蹟與作品之外,臺灣本土文學的發展歷程亦為主軸。從清領、日治及至二二八事件,歷經戒嚴的白色恐怖時期,以迄於今,採取歷時性的觀照,亟欲建構的是臺灣文學的主體性,凸顯的是鮮明的臺灣本土化色彩,翻轉在地文學(文化)在過往殖民歷史中被視為他者(the other)的視角,以及文化位階的落差。

如是敘述策略,建構臺中文學館蘊含歷史敘事與知識系統,展示面向兼具文學和社會意識,印刻了空間權力變動的痕跡,易言之,臺中文學館的展示與陳列(如下列圖示)所形成的再現(representation),是一種文化文本的形式表現,也是標記文化主體性的訴求;而同時文學館作為敘事載體,也是在進行文學主體性的重構(reconstruction),是重拾族群共同記憶、凝聚族群意識,若以此視角加以解讀,勢將能夠獲致多層次的感受與理解。

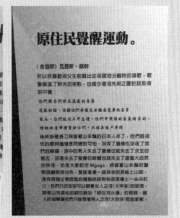

　　巧合的是，日治時期居住於此的警察，是殖民統治政權最具體的代表，是苛政體系最末端的執行者。殖民體制布建綿密的警察制度，與臺灣住民日常生活的關係異常緊密，臺民口中的「大人」，於臺灣文學作品中常有負面形象的摹寫，扮演著壓迫凌虐臺民的角色，屢見惡形惡狀的跋扈行徑；而作家透過文學創作，藉以傳遞的，是反抗殖民統治的批判意識：日本警察手握執法的權柄，抱持種族沙文意識的偏差優越感，顯露其帝國殖民者的醜惡面目。文學作品無非是為了直指「內臺一如」政策的虛假與荒謬，凸顯殖民體制的偏頗與箝制。已經列入教科書而廣為人知的賴和〈一桿秤仔〉，小說故事形塑編排的人物與情節，即是顯著的例子。

所以，修復、保存警察宿舍建築，重構的是殖民時期的歷史記憶，是臺中文學館的第一層意義；置入文學意象，畫出文學發展軌跡，或美學或批判，是第二層意義；而構築於夾層的，則是表徵臺灣文學（文化）論述的話語權，標記著族群辨識所由之徑。

地景的文化主體性，敘事載體的故事性，似乎是可以不斷地被建構的，正也說明了影響歷史的遞嬗與社會的變遷，其成因同樣也是複雜多變，因而，對於地景的詮釋與敘事體的後設敘述，也將有許多的可能性，縱使臺灣社會正朝向更多元、更開放的方向邁進，此情此景也將會是「曾幾何時」。然而，時間的長河，必然奔流不止，桑田滄海，也誠屬必然。

文化地景伴隨社會變遷，敘事載體漸次容受不同故事，不停地烙印、粉刷此時此刻，在歷史流光裡敘說著層層疊疊的不同意象。文化內蘊正在累積，歷史正被寫就，而且持續蘸墨翻頁。正如象徵殖民符碼的日式建築警察宿舍，是先驗性地存在的地景，而臺中文學館的文學性敘事，則是後設的語言了。

## 四、結語

臺灣有許多日治時期保存至今的歷史建築，這些空間除了具有文化與歷史的底蘊外，與周邊環境所構成的地貌紋理及社會脈絡，更是

值得探索追尋；經過修復活化再利用，除了文化永續的意義和歷史價值之外，則需要社會公眾參與，「活化」始有意義。

　　臺中文學館著重以臺中（臺灣）文學發展的時間序列、空間分布與議題探討為常設展覽的主軸，並極力經營文學意象與故事性，形塑場館特色。誠然，文學所欲傳遞的意象與文字藝術的真善美，是必須經由一定質量的閱讀與反芻始能領略，透過文學博物館的展示與陳列，則恐難以輕易得窺堂奧。因而絕大多數以「文學」為名的類博物館，在功能實踐上，則是設法陳設相關作家的文物與創作，提供具備想像力的詮釋與溝通途徑，以期使參觀民眾能「漫遊於生命與思想書寫之境」[19]，藉由聯想而嘗試以斑窺豹。

　　值此推動臺中市舊城區文化歷史復興之際，市府也積極規劃文化資產修復工程，戮力期使舊城區風華再現……漫步柳川水岸步道造訪臺中文學館時，也許本文的視角，可以提供一個不同的走讀策略。

---

[19] 參見王嵩山（2005），〈體現文學的疆界──當文學遇上博物館〉，《臺灣文學館通訊》。

心得寫作

# 1.1.4 習作

| 班級 | | 姓名 | | 學號 | | 評分 | |
|------|--|------|--|------|--|------|--|

題目：請利用以下羅列的網頁與 APP，選擇自家附近一處文化資產（地景），撰寫一篇 300~500 字導覽文。

- 文化部文化資產局：國家文化資產網 https://nchdb.boch.gov.tw/
- 文化部文化資產局：文化資產導覽系統 https://nav.boch.gov.tw/cpl2/NewMap
- 文化資產導覽 APP
- 臺灣文學地景 APP

# 1.2 遊興

蔡振璋　編撰

## 1.2.1　解題

　　山水遊記可歸類為旅遊文學，著重旅遊體驗的分享，如此說來，和 YouTuber 拍攝的旅遊短片，豈非異曲同工？

　　若謂不同，主要在於記錄媒介有別。山水遊記是憑藉文字的想像藝術，而旅遊短片則為以運鏡為主的視聽綜合藝術。從共通處著眼，讀山水遊記，對旅遊短片腳本的撰寫，頗有提示作用。以下就舉沈德潛的〈遊虞山記〉為例，揭示旅遊短片腳本的寫作要領。

　　沈德潛是蘇州人，於六十七歲中進士之前，都在家鄉以塾師維生。虞山距離蘇州不太遠，他在四十九歲與五十四歲，曾兩度路過虞山附近，卻都未能順道一遊。這是〈遊虞山記〉開頭所透露的旅遊動機。

　　沈德潛六十歲時，決意去虞山一探究竟。找了張少弋、葉中理兩位朋友伴遊，上山的前一晚，三人先在陶氏家寄宿一夜。第二天一大早正要啟程，卻見氣候不佳，快要下雨。兩個朋友都不想去，但他仍然拿了竹杖，踩了木屐，堅持出發。

　　從城北出發，順著城邊走六、七里，就到了破山寺。寺中有唐代詩人常建的題詩，該處有個「空心潭」，名稱就源自常建的題詩。

　　從破龍澗上山，看見山勢直往上衝又裂開，紅褐色的石頭縱橫交錯。聯想到傳說中龍與神的纏鬥，彷彿是龍留下爪和角的抓撞痕跡。

　　再走四、五里，路都是層層疊疊、彎彎曲曲的，登上石徑，隨即到達山頂。山頂有許多土丘，懷疑是古代墳墓，只是沒有碑文記錄是誰的墓。登上望海墩，向東凝望。此時烏雲密布，天地迷濛，連大海也看不清楚。

　　不一會兒，下起雨來了。還好那裡有一座古寺可以躲雨。雨停了，從小路向南出發，沿途景色奇特瑰麗。兩旁齦齶般的山峰直逼雲天，險峻的大山就像被劈成兩半，兩邊的山崖對著張開，彷彿打開的兩扇門，這就是著名的劍門。實在太鮮活了，百看不厭，沈德潛兩腳斜著站立了很久，仍不忍離開。

途中，遇見山裡的和尚，便詢問山中有何名勝值得一遊。和尚如數家珍，諸如：南面有太公石室；由南往西走，有招真宮和讀書台；由西往北走，有拂水岩，那裡水流向下奔騰，活像從天際澆灌的長長彩虹，大風逆吹，水沫向上飛濺，高達幾十丈；山的西面又有三杳石、石城、石門；虞山後面更有一個石洞通往大海，海中潛伏著不知名的生物。

由於沈德潛與和尚同是蘇州人，沈德潛聽得懂僧人的鄉音。正想問路，好前往遊玩，就在此時，風起雲湧，寒冷異常，不時飄雨，打濕衣服，片刻難留。

等雨稍停，就趕緊從虞山的正面下山，困頓疲憊地踏上歸途。

春雨接連下了二十多天，想緊接著再次去虞山一趟，遊玩和尚所推薦的名勝，也無法成行了。

以上這段真切的旅遊體驗，就是〈遊虞山記〉的主體。

意猶未盡，不免遺憾。然而，想深一層，如果當日天朗氣爽，能痛快暢遊一遭，往往玩過後就馬上淡忘，也不會留下多少令人懷想的興味了。

其實，豈止遊山玩水是如此，人生有心願未遂，正可留下美好的想像空間。〈遊虞山記〉就以這深刻的人生感悟作為結語。

〈遊虞山記〉分為引言、主體、結語等三部分，這與 YouTuber 拍攝的旅遊短片結構相似。無論是遊記抑或旅遊短片，通常，引言交代旅遊動機，結語闡述旅遊心得。

旅遊短片與遊記不同的是，需要有拍攝地點。旅遊短片的拍攝地點，除了主體部分是必須在旅遊現場之外，開頭和末尾兩部分則不一定，也可以在攝影棚內。

旅遊短片的開頭，通常是出發前或即將開始遊玩之時的開場白。中間當然就是記錄遊玩經過的主體。至於末尾的結束語，則是遊玩結束時或事後的反芻與回想。

無可諱言，旅遊興味，古今有異，不必強同。古人愛好遊歷名勝古蹟，尋幽探祕；現代人喜歡的是隨興出發的微旅行，樂趣在挖掘私房景點。YouTuber 還會夾帶業配，介紹店舖美食或特色民宿之類，透過能見度的提升，讓業者生意興隆。可見，如能活學活用，讀山水遊記，確實可領會撰寫旅遊短片腳本的要訣。

## 1.2.2 　作者

沈德潛（1673-1769 年），字確（音ㄑㄩㄝˋ）士，號歸愚，江蘇省蘇州府長洲縣人。清代大臣、詩人、著名學者。

少年即以詩文聞名，成年後卻屢試不中。家貧，以塾師維生四十餘年。

　　乾隆元年（1736 年），開博學鴻詞科。沈德潛受薦至京，廷試落選。乾隆三年（1738年），沈德潛以六十六歲（虛歲）高齡終於考中舉人。第二年又緊接著榮登進士，成為翰林院庶吉士。乾隆七年（1742 年）舉行庶吉士例行散館考試，沈德潛與袁枚等人同試於殿上。乾隆皇帝耳聞沈德潛詩名，稱沈德潛為「江南老名士」，任命為翰林院編修，備享榮寵，升遷快速。乾隆八年（1743 年），任侍讀、左庶子、侍講學士、充日講起居注官。乾隆十一年（1746 年），任內閣學士。乾隆十四年（1749 年）升禮部侍郎。乾隆二十二年（1757 年）加禮部尚書銜。乾隆三十年（1765 年），封光祿大夫、太子太傅。

　　乾隆三十四年（1769 年）病逝，享壽九十七歲（虛歲）。贈太子太師，諡文愨（音ㄑㄩㄝˋ），入祀賢良祠。好景不長，乾隆四十三年（1778 年），徐述夔（音ㄎㄨㄟˊ）詩案爆發。已故舉人徐述夔所著《一柱樓集》詩詞，被告發有悖逆朝廷之語，由於《一柱樓集》載有沈德潛為徐述夔所作傳記，稱徐述夔之品行文章皆可為法，使乾隆帝勃然大怒，下令「奪德潛贈官，罷祠削諡，仆其墓碑」（《清史稿‧列傳九十二》）。由此可見，古時士大夫之榮辱，往往取決於皇帝一人之喜怒。

　　沈德潛著作收入《沈歸愚詩文全集》。選有《古詩源》、《唐詩別裁》、《明詩別裁》、《清詩別裁》等，流傳頗廣。

# 1.2.3　課文

## 遊虞山記

### 沈德潛

虞山[1]去[2]吳城[3]才百里，屢欲遊，未果。辛丑[4]秋，將之[5]江陰[6]，舟行山[7]下，望劍門[8]入雲際，未及登。丙午[9]春，復如[10]江陰，泊舟山麓[11]，入吾彀[12]，榜人[13]詭[14]云：「距劍門二十里。」仍未及登。

---

1　虞山：因商周之際江南先祖虞仲（即仲雍）死後葬於此處而得名。在今江蘇省常熟市西北方。海拔兩百六十三公尺，範圍綿延十餘里，山上奇石危崖，峻拔巍峨，峰巒迴環，林木蔥鬱。

2　去：距離。

3　吳城：商末，周泰伯南奔，創建吳城於今江蘇省蘇州市，吳城便成了蘇州的代稱。

4　辛丑：即西元 1721 年。沈德潛當時虛歲四十九歲。

5　之：前往。

6　江陰：古以水北為陽，水南為陰，故江陰意指長江南岸地區。江陰在長江三角洲太湖平原北端。

7　山：指虞山。

8　劍門：在虞山中部最高處，高度為海拔兩百六十一公尺，以石景著稱。劍門有峭壁石，相傳吳王夫差在此試劍，將石一劍劈開，形成兩扇石門。

9　丙午：即西元 1726 年。沈德潛當時虛歲五十四歲。

10　如：往。

11　山麓：山坡和周圍平地相接的部分。

12　彀：音ㄍㄡˋ，本指箭所能射到的範圍，借喻可走路到達的範圍。

13　榜人：船夫。榜：音ㄅㄥˋ，搖船的用具。

14　詭：音ㄍㄨㄟˇ，欺騙。

　　壬子 [15] 正月八日，偕張子 [16] 少弋、葉生 [17] 中理往遊，宿陶氏。明晨，天欲雨，客無意往，余已治 [18] 筇 [19] 屐 [20]，不能阻。自城北沿緣六七里，入破山寺 [21]，唐常建 [22] 詠詩 [23] 處，今潭名空心，取詩中意也。遂從破龍澗而上，山脈怒坼 [24]，赭 [25] 石縱橫，神物 [26] 爪角 [27] 痕，時隱時露。相傳龍與神鬥，龍不勝，破其山而去。說近荒惑，然有跡象，似可信。

　　行四五里，層折而度，越巒嶺，躋 [28] 蹬 [29] 道，遂陟 [30] 椒 [31] 極。有土

---

15　壬子：即西元 1732 年。沈德潛當時虛歲六十歲。

16　子：古代對人的尊稱；稱老師，或稱有道德、有學問的人。

17　生：長輩對晚輩的稱呼。

18　治：準備、辦理。

19　筇：音ㄑㄩㄥˊ，本指筇竹，由於筇竹可作拐杖，故「筇」成為竹杖的借代。

20　屐：音ㄐㄧ，鞋的通稱，如：木屐、草屐。

21　破山寺：即興福寺，在今江蘇常熟市西北虞山上。南朝齊邑人郴（音ㄔㄣ）州刺史倪德光舍宅所建。

22　常建：唐代詩人。

23　詠詩：指作〈題破山寺後禪院〉，此乃唐代詩人常建的一首題壁詩，收入《唐詩三百首》。原詩為：「清晨入古寺，初日照高林。曲徑通幽處，禪房花木深。山光悅鳥性，潭影空人心。萬籟此俱寂，唯聞鐘磬音。」

24　坼：音ㄔㄜˋ，裂開。

25　赭：音ㄓㄜˇ，紅褐色。

26　神物：此處指龍。

27　爪角：音ㄓㄠˇ ㄐㄧㄠˇ，指甲和角。

28　躋：音ㄐㄧ，登上、升上。

29　蹬：音ㄅㄥˋ，腳底踩在某物，用力往前跳。

30　陟：音ㄓˋ，登高、爬上。

31　椒：音ㄐㄧㄠ，山頂。

坯[32]塊礧[33]，疑古時塚[34]，然無碑[35]碣[36]志[37]誰某。升[38]望海墩[39]，東向凝睞[40]，是[41]時雲光黯[42]甚，迷漫[43]一色，莫辨瀛海[44]。

頃[45]之，雨至，山有古寺可駐足，得少休憩。雨歇，取徑而南，益[46]露奇境。齦齶[47]摩天，嶄絕[48]中斷，兩崖相嵌[49]，如關[50]斯劈，如刃斯立，是為劍門。以劍州、大劍、小劍擬之，肖其形也。側足延，不忍捨去。

遇山僧，更問名勝處。僧指南為太公石室；南而西為招真宮，

---

32 土坯：土磚。坯：音ㄆㄧ。

33 魂礧：音ㄎㄨㄟˇㄌㄟˇ，石塊。

34 塚：音ㄓㄨㄥˇ，墳墓。

35 碑：豎立的大石塊或木柱。

36 碣：有文字的圓形石碑，用以記載事蹟或頌揚功德等。

37 志：記載、記錄。通「誌」。

38 升：登。

39 墩：沙土堆成的高丘。

40 凝睞：注目、注視。

41 是：此、這。

42 黯：暗淡沒有光澤。

43 迷漫：漫天遍地，看不清楚。

44 瀛海：大海。

45 頃：很短的時間。

46 益：更加。

47 齦齶：音ㄧㄣˊㄜˋ，本指牙齦，借喻岩石崎嶇如牙齦般的高低不齊。

48 嶄絕：音ㄓㄢˇㄐㄩㄝˊ，險峻陡峭。嶄：高而突出。

49 嵌：音ㄑㄧㄢˋ，把東西填鑲在空隙裡。

50 關：本指門閂，借代為門。

為讀書台；西北為拂水岩，水下奔如虹[51]，頹風逆[52]施，倒躍而上，上拂[53]數十丈；又西有三杳石、石城、石門；山後有石洞通海，時潛海物，人莫能名。余識其言，欲問道往遊，而雲之飛浮浮，風之來列列[54]，時雨飄灑，沾衣濕裘，而余與客難暫留矣。少霽[55]，自山之面下[56]，困憊而歸。自是春陰連旬[57]，不能更[58]遊。

噫嘻！虞山近在百里，兩經其下，未踐遊屐[59]。今之[60]其地矣，又稍識面目，而幽邃窈窕[61]，俱未探歷[62]，心甚怏怏[63]。然天下之境，涉

---

51 水下奔如虹：水流向下奔騰，活像從天際澆灌的長長彩虹。

52 逆：反向、顛倒。與「順」相對。

53 拂：輕輕掠過，此有飛濺之意。

54 列列：音ㄌㄧㄝˋ ㄌㄧㄝˋ，寒冷的樣子。

55 霽：音ㄐㄧˋ，雨後轉晴。

56 自山之面下：從山的正面下山。

57 旬：十天為一旬，一個月分上、中、下三旬。

58 更：再次。

59 未踐遊屐：遊屐指出遊時穿的木屐。未踐遊屐，就是未能踩著木屐出遊的意思。

60 之：到達。

61 幽邃窈窕：音ㄧㄡ ㄙㄨㄟˋ ㄧㄠˇ ㄊㄧㄠˇ，幽邃和窈窕，都指幽靜偏僻的地方。

62 探歷：探賞涉歷。

63 怏怏：音ㄧㄤˋ ㄧㄤˋ，不滿意、不快樂的樣子。

而即得，得而輒<sup>64</sup>盡<sup>65</sup>者，始焉<sup>66</sup>欣欣<sup>67</sup>，繼焉索索<sup>68</sup>，欲求餘味<sup>69</sup>，而<sup>70</sup>了<sup>71</sup>不可得；而<sup>72</sup>得之甚艱，且得半而止者，轉<sup>73</sup>使人有無窮之思<sup>74</sup>也。嗚呼<sup>75</sup>！豈<sup>76</sup>獨尋山<sup>77</sup>也哉<sup>78</sup>！

---

64 輒：音ㄓㄜˊ，則、即、就。

65 盡：終止。

66 焉：助詞，用於句中，表示語氣舒緩、停頓。

67 欣欣：喜悅的樣子。

68 索索：即索然無味，無聊乏味、沒有意思。

69 餘味：留下的耐人回想不盡的意味。

70 而：卻。

71 了：完全。與否定語「不」、「無」等連用，有「一點也不……」的意思。

72 而：然而、但是。

73 轉：反而，表意外或相反的連詞。

74 思：想念。

75 嗚呼：嘆詞，表示慨歎。

76 豈：難道、怎麼，表示反詰、疑問。

77 尋山：遊覽、玩賞山水景物。

78 也哉：語氣助詞，表示有所感觸而歎息。

# 1.2.4 習作

| 班級 | | 姓名 | | 學號 | | 評分 | |
|------|--|------|--|------|--|------|--|

題目：請試著寫一個微旅行的短片腳本，分引言、主體、結語等三部分，介紹一處
私房景點，並夾帶業配，介紹餐廳美食、特色民宿，或其他業者經營的事
業。

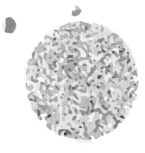

# 筆記力

**2.1**
文學／石櫻櫻 編撰

〈林冲夜奔〉聲音的戲劇／楊牧

# 2.0 | 導讀

石櫻櫻　導讀

　　學習過程中，無論是針對要點摘記，或是課後複習的心得整理與反饋，撰寫學習筆記不僅具有記憶延伸的效用，更有助於課堂學習的專注投入。

　　由於眼睛先天上容易受到「動態影像」、「鮮豔色彩」與「大面積事物」的吸引，因此，課堂上的黑板或書本上的白紙黑字，往往容易因視覺疲勞，注意力不集中而造成分心，學習成效不佳。透過筆記寫作的方法指導，除了能強化學生學習當下的專注，並有助於課後複習反饋的自主學習。

　　一份完整有系統的筆記，可以充分展現學習過程中的閱讀心得與要點書寫。因此，有系統掌握寫作筆記的方法，將有助於提升學習成效，具體展現個人獨特的學習領悟。本單元介紹「康乃爾筆記」的撰寫，目的希望透過筆記分欄格式的使用，進行資料閱讀分析、回饋書寫的過程，能夠提供延伸觀點，強化獨立思考與邏輯演繹的能力，呈現出學生對於文本主題的了解程度。並期待積累成篇，經由個人心得觀點的整理，得以呈現出每個人的用心，與饒富個人特色的筆記書。

　　筆記力的課程目標有三：

一、 強化學生閱讀與書寫應用能力。

二、 學習康乃爾筆記撰寫技巧。

三、 訓練學生邏輯演繹、條理表達的能力。

# 2.1 | 文學

石櫻櫻　編撰

## 2.1.1　解題

　　本文以楊牧新詩〈林冲夜奔〉為例，透過康乃爾筆記的撰寫，掌握架構條理的論述步驟，作為學習論述技巧的範本，以強化學生的「論述力」。

## 2.1.2　作者

　　楊牧（1940-2020 年），本名王靖獻，臺灣花蓮人，詩人、散文家、評論家、翻譯家、學者。1940 年生於花蓮，為戰後第一屆國民學生。1966 年東海大學外文系畢業後，進入柏克萊大學加州分校，攻讀比較文學博士，修習古典史詩與中世紀傳奇，沈浸於西洋文學與中國古典的連結、創新與反思。初以「葉珊」為筆名，文風浪漫抒情。1972 年後改名為「楊牧」，轉而以詩作貼近社會關懷。1996 年應邀回到故鄉花蓮國立東華大學擔任人文社會科學院院長。2020 年病逝，長眠在奇萊山下。總統頒贈褒揚令稱其：「融匯意象造境美學，張拓宏觀古典視野；探詰省思鄉土脈動，體究感悟社會關懷。」可謂涵括楊牧以現代詩的形式，書寫並解構中國古典作品的卓然成就。

## 2.1.3　課文

## 〈林冲夜奔〉聲音的戲劇

楊牧

### 第一折　風聲‧偶然風、雪混聲[1]

等那人取路投草料場來

我是風，捲起滄州

一場黃昏雪——只等他

坐下，對着葫蘆沉思

我是風，為他揭起

一張雪的簾幕，迅速地

柔情地，教他思念，感傷


那人兀自向火[2]

我們兀自飛落

我們是滄州今夜最焦灼的

風雪，撲打他微明的

---

[1] 〈林冲夜奔〉全詩分四折（幕），每折皆有一主要「發聲者」，代表該折的主要角色。第二折以山神為主，兼雜判官小鬼配角的呼應。第三折是全詩高潮，亦是劇情走向的轉折，由林冲向陸謙、朱貴的發聲，因對話對象不同，作者特意以三段分別呈現，帶出英雄末路、官逼民反的激盪與低迴。第四折整合風雪與山神的發聲，作為林冲英雄末路的見證者，側寫林冲的憂戚落草。

[2] 向火：面對著火；烤火。

竹葉窗。窺探一員軍犯[3]：

教他感覺寒冷

教他嗜酒，抬頭

看沉思的葫蘆


這樣小小的銅火盆

燃燒着多舌的山茱萸

訴說挽留，要那漢子

憂鬱長坐。「總比

看守天王堂[4] 強些[5]……」

好寥落的天氣——我們是

我們是今夜滄州最急躁的風雪

這樣一條豹頭環眼[6]的好漢

我是聽說過的：岳廟還願[7]

看那和尚使禪杖，喫酒，結義

一把解腕尖刀不曾殺了

陸虞候。這樣一條好漢

---

3　軍犯：因罪被充軍流放的犯人。

4　天王堂：供奉托塔天王的廟。托塔天王為護法天神，兼管施福，因托捧古佛舍
　　利塔，故稱托塔天王。

5　林冲寬慰自己，草料場地偏簡陋，但因收納草料時，可收取例錢當盤纏，當比
　　灑掃天王堂好些。

6　豹頭環眼：形容相貌精悍凶猛的陽剛之像。

7　岳廟還願：林冲陪伴妻子張氏到大相國寺旁岳廟燒香還願，初識魯智深。一見
　　如故，結為弟兄。

燕頷虎鬚 [8] 的好漢，腰懸利刃

誤入節堂 [9]。脊杖 [10] 二十

刺配 [11] 遠方


撲打馬草堆，撲撲打打

重重地壓到黃土牆上去

你是今夜滄州最關心的雪

怪那多舌的山茱萸，黃楊木

兀自不停地燃燒着

挽留一條向火的血性漢子

當窗懸掛絲簾幕

也難教他回想青春的娘子


教他寒冷抖索

尋思嗜酒──

五里外有那市井

何不去沽些來喫？

---

8　燕頷虎鬚：形容長相威儀端整。頷 ㄏㄢˋ，下巴。

9　節堂：即「白虎節堂」。古代出征前天子授受旌節，象徵軍權，「節堂」即為供
　　奉旌節的場所。宋時節堂多在帥府右側，左青龍右白虎，故稱「白虎節堂」，
　　為商議軍機大事重地，外人不得擅入。林冲被陷攜械誤入，觸犯重罪。後以
　　「誤入白虎堂」比喻遭人設計陷害。

10　脊杖：在罪犯脊背施加的杖刑。

11　刺配：林冲臉被烙刺又流放滄州。古代刑罰，先處以墨刑（又稱打金
　　印）再流配充軍。

# 第二折　山神聲・偶然判官、小鬼混聲

頭戴氈笠雪中行

花鎗挑着酒葫蘆，這不是

東京八十萬禁軍教頭 [12]，人稱

豹子頭林冲的是誰？

半里外，我就看見他

朝我料峭行來


我看他步履迅速

想是棒瘡早癒了。回想

董超薛霸 [13] 一心陷害他

我枉為山神是

親見的

滄州道上野豬林 [14]

也不知葬殺了多少好漢

我枉為山神都看得仔細

虧他相國寺結義的好兄弟

及時搭救，我何嘗不是親見的——

---

[12] 教頭：林冲為禁衛軍中教武術的總教練，以棍法著名。

[13] 董超薛霸：朝廷公人，被高俅、陸謙收買，押解林冲路上伺機殺害，幸經
　　魯智深現身搭救。

[14] 野豬林：由東京（汴梁）往滄州路上險峻荒莽之地，渺無人煙。

那一座猛惡林子

夏天的晨烟還未散盡

林冲雙腳滴血，被兩個公人

一路推捱喝罵，綁在

盤蟒樹上，眼看水火棍[15]下

又是一條硬朗崢嶸的好漢……

我枉為山神只能急急

使一隻黃雀驚醒

那一路尾隨的莽和尚

使些風起，赤松子落

藤葉斷處，一條鐵禪杖

好個提轄出家花和尚

拳打鎮關西，落髮

五臺山，捲堂散了選佛場

大鬧桃花村，火燒瓦罐寺

我枉為山神看得仔細

跨戒刀，六十二斤鐵禪杖

悶雷迴盪，救了無奈流淚的

英雄漢。合是遇林而起

遇山而富。遇水而興

遇江而止……

---

15 水火棍：古代衙門差役所用的棍型兵器。一邊塗黑，一邊漆紅。五行中
　　黑色屬水，比喻執法公平；紅色屬火，比喻刑罰酷嚴。

林冲向我頂禮[16] 了——

這樣蕭瑟孤單的影子

花鎗挑着酒葫蘆

一身新雪，卻不見

多少憔悴的樣子

快步投東，背風而行

我枉為山神看得仔細

風雪猛烈，壓倒

他兩間破壁茅草廳

判官在左，小鬼在右[17]

林冲命不該絕


林冲命不該絕

判官在左，小鬼在右

雪你快快下，風你

用力颩，壓倒他兩間破壁茅草廳

我枉為山神，靈在五嶽

今夜滄州軍營合當有事

兀那[18] 陸虞候[19]，東京來的

---

16 頂禮：佛家用語，禮佛時五體投地的行禮膜拜。

17 判官、小鬼：鬼神的差使。

18 兀那：那，那個。

19 陸虞候：陸謙，林冲好友，被高俅收買，陷害林冲，後追至滄州草料場
縱火殺害林冲，為林冲所殺。虞候：宋朝禁軍官名，負責偵察不法。或指武
職、下級吏員或侍從的通稱。

心得寫作

尷尬人，兀那富安 [20]

兀那差撥 [21]。雪你

快快下，林冲命不該絕


這漢子果然回頭來推門

花鎗挑着酒葫蘆

好一場風雪——

取下氈笠，坐在我案前

喫冷酒，淒涼的林冲

不知在尋思甚麼？淒涼的

林冲，你曉得是誰自東京 [22] 來

四處正在放火害你

判官在左，小鬼在右

林冲命不該絕——今夜是

那風那雪救了你


我枉為山神，靈在五嶽

這一切都看得仔細

---

20 富安，高俅手下，多次獻計陷害林冲。和陸謙一起在草料場為林冲所殺。

21 差撥：牢獄差使。

22 東京：指北宋首都汴梁（即汴京），現河南省開封市。

# 第三折甲　林冲聲・向陸謙

陸謙，陸謙，雪中來人

又是你陸虞候！

若不是風雪倒了草料場

若不是山神庇祐，我今夜

准定被這廟燒死了——卻在

廟前招供！我與你自幼相交

你樊樓 [23] 害我，尖刀等你三日

讓你逃了，如今真尋來滄州

放火陷我，千里迢迢

且吃我一刀


宛然是童年

大朵牡丹花

在你園子裏開放

是浮沉的水蓮仲夏

開滿山池塘，是你

讀書的硃砂

愛臉紅的陸謙，你何苦

何苦來滄州送死？

---

[23] 樊樓：酒樓的泛稱，宋代東京（汴京）的大酒樓，又稱礬樓。高衙內與
　　陸謙合謀，邀林冲至樊樓飲酒，擬趁機誘騙林冲娘子。

心得寫作

## 第三折乙　林冲聲

想我林冲，年災月厄 [24]

如今不知投奔何處

雪啊你下吧，我彷彿

奔進你的愛裏，風啊

你颳吧，把我吹離

這漩渦。廟裏三顆死人頭 [25]

東京更鼓驚不醒一場

琉璃夢。仗花鎗 [26]

我林冲，不知投奔何處

且飲些酒，疏林深處

避過官司，醉了

不如倒地先死


## 第三折丙　林冲聲‧向朱貴

一支響箭射進蘆葦洼裏 [27] ——

想我林冲（他年若得志

威震泰山東）年災月厄

---

24　年災月厄：時運不濟，迭遭災禍。

25　三顆死人頭：指在草料場放火，反被林冲殺害的差撥、陸謙與富安。

26　花槍：比長槍略短而輕巧，便於舞動。

27　響箭射進蘆葦洼裏：梁山通知接應來人的暗號。洼：同窪，低凹有水之處。

心得寫作

也無心看雪。多謝那柴大官人[28]

指點路口，來此

水鄉宛子城[29]，暫且

尋個安身。折蘆敗葦

好似我的心情落草

東京一種風流[30]

還是鬱鬱的三春

鞦韆影裏飲酒

木蘭花香看殘棋

月下彈寶刀⋯⋯

（他年若得志
威震泰山東[31]）

## 第四折　雪聲・偶然風、雪、山神混聲

風靜了，我是

默默的雪。他在

渡船上扶刀張望

　　山是憂戚的樣子

---

28 柴大官人：柴進，外號「小旋風」，家境殷富，仗義廣交。曾掩護林冲並
　 推薦前往梁山泊。

29 宛子城：梁山泊裡的城池。

30 風流：風雅灑脫，率真自得。

31 林冲落草前，曾在酒店壁上題詩：「身世悲浮梗，功名類轉蓬。他年若得
　 志，威鎮泰山東。」

風靜了，我是

默默的雪。他在

敗葦間穿行，好落寞的

神色，這人一朝是

東京八十萬禁軍教頭

如今行船悄悄

向梁山落草

　　山是憂戚的樣子


風靜了，我是

默默的雪。擺渡的人

彷彿有歌，唱蘆斷

水寒，魚龍[32]嗚咽

還有數點星光

送他行船悄悄

向梁山落草

　　山是憂戚的樣子


風靜了，我是

默默的雪。他在

渡船上扶刀張望

---

32 魚龍：泛指鱗介類水族；比喻品格高下不同的人。

臉上金印 [33] 映朝暉

彷彿失去了記憶

張望着烟雲：

七星止泊 [34]，火拼王倫 [35]

　　山是憂戚的樣子

---

\* 本文選自楊牧（1994），《楊牧詩集 I》。臺北：洪範書店。本文由洪範書店授權使用。

---

[33] 金印：宋代在罪犯臉上刺字，又稱「打金印」。

[34] 七星止泊：指因劫取太師蔡京生日賀禮生辰綱而結識的晁蓋、吳用、公孫勝、劉唐與阮小二、阮小五、阮小七等七人，事後七人落腳梁山。晁蓋因曾夢見七星墜落在家宅，故稱「七星聚義」。

[35] 火拼王倫：王倫是梁山泊第一任首領，首位落草當賊的讀書人，稱「白衣秀士」。心胸狹隘難容林冲。後在酒席間被吳用使計激怒林冲而被殺。全詩以此作結，點出林冲日後的發展。

心得寫作

# 2.1.4 閱讀導引

## 一、為何要學習「康乃爾筆記」

### （一）為何筆記寫得好、背得熟，卻考不好？

　　學習成效好的人，通常都有自己專屬做筆記的習慣。但有些人即使認真作筆記，考試成績卻不理想，究其原因，就在於埋頭苦抄，雖一字不漏抄錄詳盡，筆記井然端整，但問題出在光「寫」不「思」，只將現成教材轉錄成自己的筆記，欠缺進一步消化反饋所學的內容，成效必然事倍功半。電學之父法拉第說：「筆記不是錄音機，必須加入自己的想法與見解，才是一本好的筆記。」因此，對於認真做筆記的學生，應該避免只抄不動腦的機械式學習；或是時下習慣以手機拍下教材內容，再謄寫到筆記的作法。抄寫筆記，只是學習的前半部；整理自己消化理解的心得，才是學習的終極成效。因此，本單元利用康乃爾筆記的撰寫，來強化學思反饋的成效。

### （二）康乃爾筆記的基本格式

　　康乃爾筆記的設計，可具體強化學與思的反饋歷程。1950 年代美國康乃爾大學（Cornell University）教授華特・波克（Walter Pauk）開發一套適用在課堂聽講或閱讀重點摘記的整理方法，稱為「康乃爾筆記法」。「康乃爾筆記法」基本格式即將一頁筆記區分成「一大兩小」的三個區塊。每個區塊的大小可彈性調整，但筆記欄因需撰寫課堂筆記或重點內容，故需要較大篇幅。

| （B）「重點整理欄」Reduce | （A）「課程筆記欄」Record |
|---|---|
| 1. 濃縮右表重點。 | 1. 記錄課程、文本重點。 |
| 2. (b)「整理欄」項目的位置，*需對齊（A）*「筆記欄」的*相對應位置*。 | 2. Powerpoint 簡報內容。 |
| <u>記錄項目</u>： | <u>記錄項目</u>： |
| 　a. 專有名詞、關鍵字、標題。 | 　a. 記錄重點大綱、勿逐字不漏照抄。 |
| 　b. 作業、報告、考試重點。 | 　b. 可黏貼現成資料圖表。 |
| 　c. 課程補充提醒事項。 | 　c. 運用顏色管理法區隔重點。 |
| <u>撰寫建議</u>： | <u>撰寫建議</u>： |
| 採用關鍵字、5W2H、九宮格、重點提示（如必考、作業）等方式濃縮重點。 | 採用大綱式（樹狀）、圖表（圖示、表格）、心智繪圖法整理重點。 |

---

**（C）「摘要欄：心得反饋」Reflect**

記錄項目：

學習心得、個人觀點、提出問題、「微想法」[36]。

撰寫建議：

1. 掌握、理解「課程筆記欄」課程內容。

2. 先以「自己的話」說明消化後的心得。

3. 嘗試用「說給他人聽」的方式來表達。

　如：（1）這個單元主要在說明……；（2）單元中，感受最深的是……

\*\*先說「what 心得主題」、「why 感受的原因」、「how 提出觀點：如何應用、延伸心得……等」。

---

　　透過筆記三欄式的規劃，A 區的「課程筆記欄」將文本進行閱讀分析，逐漸累積對閱讀主題的認知。B 區的「重點整理欄」將 A 區的重點歸納整理，以關鍵字、標題或提示方式提綱挈領。A、B 兩區訓練對文本的閱讀與重點掌握。

　　C 區的「摘要欄：心得反饋」則以文本主題為核心，撰寫學習心得反饋，必須具備「學」與「思」的完整過程。此部分，恰恰展現閱讀與寫作能力的養成過程，提出理解消化後個人的心得與反饋，進而擴充與主題相關的延伸想法。C 區的撰寫旨在強化邏輯思考與書寫表達的訓練，只要耐心專注，積累成篇後，便能寫出一本「整理自己經驗與行動」[37]的專屬學習筆記。

## （三）如何寫出一本個人風格的康乃爾筆記

　　曾有學生撰寫康乃爾筆記後，有感而發說道：「從這本筆記書尤能清楚看出每個人的用心與個性」，說明康乃爾筆記雖有固定的格式，但因重點整理的方式、心得反饋的著墨不同，當積累成一本筆記書時，個人投注心力不同，筆記的樣貌便迥異多樣。具體而

---

36 「微想法」係指對事物有各種的觀察或觸動，這些想法也許還不成熟，或有些瑣碎，如「想做的事情」、「想到一半的點子」、「沒有答案的問題」、「鼓勵到自己的好句子」、「生活中的好事情」，其實都是獨一無二的個人經驗，也都是有效筆記最好的素材。參見電腦玩物（2017），〈如何寫出有效筆記？我的七個做筆記方法反思〉，https://www.managertoday.com.tw/columns/view/54688。

37 「不需要把筆記變成一個『只是整理他人資料』的筆記，而要把筆記變成一個『整理自己經驗與行動』的筆記。」參見電腦玩物（2017），〈如何寫出有效筆記？我的七個做筆記方法反思〉，https://www.managertoday.com.tw/columns/view/54688。

言，要達到真正的學習，閱讀能力是最基本的訓練，唯有正確的閱讀，才能消化所學，累積學習養分，消化沉澱後，發而為言，透過口說或書寫，提出反饋。因此，「如何閱讀」與「如何書寫」的基本功，是學習的重要基礎，學習的成效，更奠基在正確的有效閱讀。

1. 寫好筆記的基本功：「如何閱讀」～九宮格結合關鍵字、5W2H 的應用

有效的閱讀，除了必須專心、細心之外，還需要方法。在《如何閱讀一本書》中，作者將閱讀分為四個層次[38]，筆記書寫則適合運用最基本、也最常用的「檢視閱讀」（略讀）與「分析閱讀」（精讀）兩種閱讀方式。「略讀」並非隨意不用心的瀏覽閱讀，而是有效率、在有限時間內快速且專注完成閱讀；並能儘快掌握一本書、或一篇文章的主題要義。「分析閱讀」則是完整而仔細的詳讀，必須經過消化理解的過程，並能提出有系統的問題。在撰寫學習筆記過程時，若能交互熟用這兩種閱讀方式，將讓學習更有效率、見解也能更深刻。

利用快速且專注的「檢視閱讀」（略讀），大致掌握文本架構與文意走向，但要融會貫通，達到學習成效，則需進一步「分析閱讀」（精讀），利用關鍵字、5W2H 的方式，初步掌握文本重點。關鍵字可以參考文本中的專有名詞、動詞，再輔以形容詞的修飾找出關鍵字。再透過關鍵字的串連，進行「分析閱讀」的詳讀分析。

即使用心閱讀，又該如何掌握文章的精髓，進而擁有屬於自己的觀點呢？基本上，在閱讀過程中，亦可透過九宮格的分析，整理「5W2H」或人時地物事的基本要素，藉以具體掌握該文概括大意：

「5W」：即 what（事件）、when（時空背景）、who（角色互動）、where（環境場域）、why（心態、動機、個性）。

「2H」：how to do（作法、觀點）、how much（付出的代價、價值觀），亦即掌握人（角色書寫）、時（時空背景，如早晚、季節、氣候）、地（環境）、物／事（物件、事件、遭遇、情節）的概要，便能具體掌握文本的組成要素了。

能夠掌握文本的基本要素，不僅只是看完一篇文章、一本書，更需了解作者的生平、遭遇與時代背景，便能產生對閱讀對象的感動點，進而產生共鳴、欣賞，促發廣泛深入閱讀的興趣。

以簡媜在《吃朋友》書中的第七宴「我那粗勇婢女的四段航程」為例，敘述她年少時的成長記憶，十三歲中元節前夕，身為魚販的父親因車禍驟然過世，簡媜的命運

---

[38] 閱讀四個層次依序分為：「基礎閱讀」、「檢視閱讀」、「分析閱讀」以及「主題閱讀」四種。參見莫提默‧艾德勒（Mortimer J. Adler）、查理‧范多倫（Charles Van Doren）著，郝明義、朱衣譯（2017），《如何閱讀一本書》（頁 17-21）。臺北：商務印書館。

也因而迎來黑暗轉捩點的「第一段航程：魚來了，直到小捲出現」。在閱讀此段文本時，除了深切體會簡媜意深言賅的心路歷程，亦可將此段書寫透過 **5W2H** 及九宮格的重點整理，具體掌握閱讀現代文學作品，不僅看懂、還能經由關鍵字與人時地物事的鏈結，完整講述全文要義：

| **人 who**<br>簡媜<br>父親 | **補充**<br>胃壁考掘 | **描寫**<br>芥末的嗆味帶來鼻腔內<br>萬馬奔騰的興奮感 |
|---|---|---|
| **時 when**<br>十三歲<br>中元節 | 簡媜<br>**我那粗勇婢女的四大航程：**<br>第一段航程 | **用語**<br>八蛋<br>十七橘<br>頭白 |
| **地 where**<br>蘇澳<br>羅東 | **物 what**<br>魚（魚販家庭常見的美食）<br>小卷（父親車禍的見證者） | **事 what**<br>車禍 |

2. 寫好筆記的基本功：如何書寫～大綱式、圖表法的應用

　　為避免將課堂單元或書本內容全數抄錄，應藉由重點整理，融會貫通教材的理解分析，以提高學習效果。以下介紹以大綱式（樹狀圖）及圖像式做重點整理：

(1)「大綱式」重點整理

　　大綱式重點整理係從內文整體架構出發，透過主標題、次標題、小標題的分層條列，整理出重點間的邏輯演繹關係，藉以顯示各層段落的重點。

　　首先，必須先掌握每個段落的主題，再以這個主題為主幹，往下延伸出相關子標題，標題序號寫法必須一致，並採取「縮排」方式來區分重點標示的主從先後關係。序號的標示方式可以用數字或符號，也可以發揮創意用自己慣用的標示書寫。點列式大綱筆記法標號與縮排的標示依序為：

壹、

　　一、

　　　　（一）

　　　　　　1.

　　　　　　　　(1)

## (2)「圖像式」重點整理

「圖像式」筆記法多以圖像取代文字，並以主題關鍵字串聯段落間的重點摘記。優點是用具體生動、創意整理個人的學習心得，充分展現撰寫者的用心與特色，但因主題間的先後從屬較易呈現平行關係，不易掌握完整的邏輯演繹過程。此時，利用康乃爾筆記法加強左方的 (B) 重點整理欄及下方的 (C) 摘要欄的重點撰寫及心得反思，即能達到筆記重點的完整記錄。

以下觀摩的筆記範例，乃僑光科技大學財務金融系蔡霈晶同學，以及國際貿易系賴芝瑜同學的課堂筆記（C 區心得省略）：

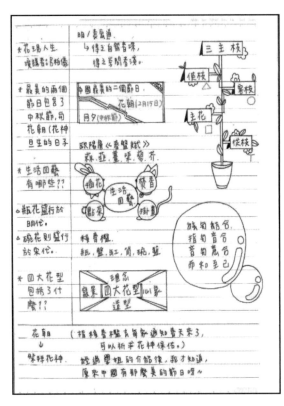
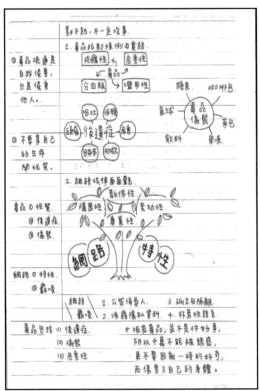

## (3)「康乃爾筆記」重點整理

掌握康乃爾筆記法寫作技巧後，撰寫者可以依照自己對筆記整理的習慣或心得規劃，彈性調整自己的筆記格式或篇幅安排，依重點分配，在段落間加入數個 (C) 區摘要心得的記錄，都是很好的嘗試，也將寫出別具風格的筆記書。

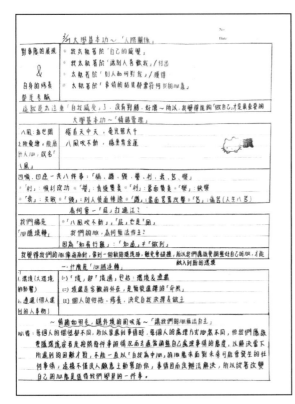

# 二、〈林沖夜奔〉全詩重點例示

## （一）楊牧〈林沖夜奔〉對傳統劇藝的繼承與開新

　　楊牧〈林沖夜奔〉取材自《水滸傳》林沖被陷，逼上梁山的故事。林沖為東京八十萬禁軍教頭，高衙內光天化日下調戲林沖之妻，林沖知其為太尉高俅養子，原想息事隱忍；孰料高俅父子一再逼害，不僅林沖被刺配滄州、甚至收買林沖幼年好友陸謙，夥同差吏火燒草料場，擬殺害林沖。林沖怒殺三人，最終夜奔梁山泊，落草為寇。

　　楊牧〈林沖夜奔〉以「聲音的戲劇」為副題，展現出對傳統戲劇的深刻認識與創新視野。他設計每折的發聲者作為主述的角色，類似元雜劇演出時，全劇四折中，演唱者只限劇中主角一人。都由正末或正旦一人獨唱，其他任何角色都可說白，但不能唱。也有例外，如換折（幕）時，若正末、正旦角色有不同時，唱的人也可能會改變，但此種例外較為少見。例如：《生金閣》中，楔子和第一折是由扮演正末的男主角郭成主唱；第二折則改由扮演老嬤嬤的正旦來主唱；但在郭成和老嬤嬤相繼被殺後，第三折便改由審理辦案的正末包拯來壓軸主唱。

　　詩中的「折」,即現今舞臺劇的「幕」。源自元代雜劇,元雜劇結合詞曲及講唱文學,藉戲曲來搬演故事。演出方式,每齣必須「四折」,即「四幕」,四折詮釋表演一齣完整故事。〈林冲夜奔〉一詩,楊牧靈活運用元雜劇中的「折」與發聲主唱者的角色安排,極具創意。

## （二）〈林冲夜奔〉全詩重點整理例示

　　例 1 〈林冲夜奔〉重點整理：大綱式

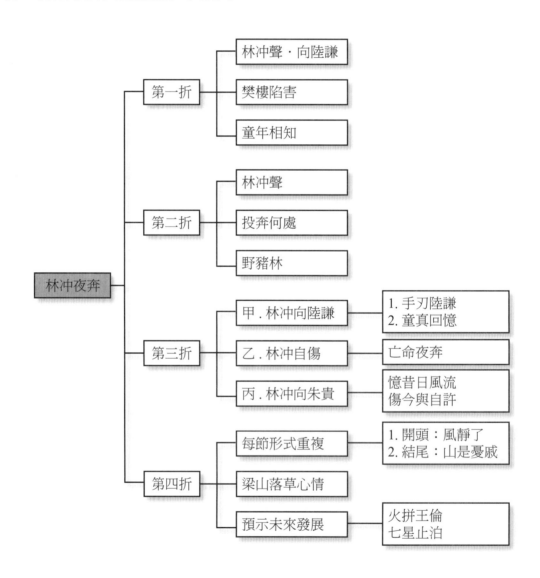

例 2 〈林冲夜奔〉第三折重點：大綱式

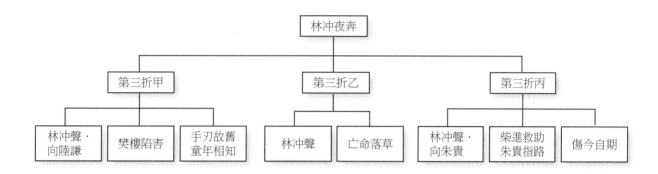

例 3 〈林冲夜奔〉第一折重點～ 5W2H ＋九宮格應用

| 人 WHO | 語詞 | 故事背景 |
|---|---|---|
| 那人：林冲<br>我：風<br>我們：風、雪<br>陸虞候 | 天王堂<br>豹頭環眼<br>解腕尖刀<br>燕頷虎鬚 | 岳廟還願<br>誤入節堂<br>和尚禪杖<br>喫酒結義 |
| **時 WHEN**<br><br>冬季<br>雪夜 | **標題：第一折**<br>**風聲‧偶然風、雪混聲** | **備註**<br><br>折：幕<br>主角：風／雪 |
| **地 WHERE**<br><br>滄州<br>草料場 | **物 WHAT**<br><br>物<br>銅火盆<br>山茱萸 | **事 WHAT**<br><br>林冲遭陷<br>刺配滄州<br>獨守草料場 |

## 2.1.5　延伸閱讀

一、楊牧（1994），《楊牧詩集 I》。臺北：洪範。

二、莫提默・艾德勒（Mortimer J. Adler）、查理・范多倫（Charles Van Doren）著，郝明義、朱衣譯（2017），《如何閱讀一本書》（*How to Read a Book*）。臺北：商務印書館。

三、渡克之著，李明純、黃珮淸譯（2017），《別再把簡報塞滿！這樣做簡報才吸睛：用 PowerPoint 成為簡報王》。臺北：旗標。

四、楊紹強（2018），《簡報即戰力：讓任何人都買單的上台說話術》。臺北：商周。

五、《康乃爾筆記法》——如何做上課筆記？高效率筆記法！ https://www.youtube.com/watch?v=Yw670x9QXVg。

六、楊修（2016），〈康乃爾筆記法——把筆記本分三塊，思考就會變聰明！，https://www.managertoday.com.tw/articles/view/53679。

七、大樂文化（2023.01），《優 CARE：K 書高手筆記術》。臺北：創新書報。

八、石櫻櫻（2000），《元代浮世繪：元雜劇中的世情百態》，http://w3.ocu.edu.tw/ben/contest2000/。

九、【人人話經典】豹子頭林冲，https://storystudio.tw/article/sobooks/lin-chong。

十、教育部「臺灣記得你：奇萊山下的文藝詩人一楊牧」，https://taiwan.k12ea.gov.tw/index.php?inter=people&id=85。

十一、中興大學人社中心數位團隊：「楊牧數位主題館」（2014），http://yang-mu.blogspot.com/p/biography.html。

# 2.1.6　習作

| 班級 | | 姓名 | | 學號 | | 評分 | |
|---|---|---|---|---|---|---|---|

請以康乃爾筆記格式，參考楊牧〈林冲夜奔〉第一折作品，整理一份學習筆記。

| （B）重點整理 | （A）課程筆記 |
|---|---|
| | 第一折　風聲·偶然風、雪混聲（節引）<br><br>這樣小小的銅火盆<br>燃燒着多舌的山茱萸<br>訴說挽留，要那漢子<br>憂鬱長坐。「總比<br>看守天王堂強些……」<br>好寥落的天氣——我們是<br>我們是今夜滄州最急躁的風雪<br>這樣一條豹頭環眼的好漢<br>我是聽說過的：岳廟還願<br>看那和尚使禪杖，喫酒，結義<br>一把解腕尖刀不曾殺了<br>陸虞候。這樣一條好漢<br>燕頷虎鬚的好漢，腰懸利刃<br>誤入節堂。脊杖二十<br>刺配遠方 |
| （C）心得反饋 | |

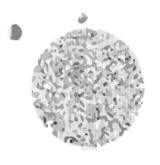

單元 **3**

# 採訪力

**3.1**

人物／洪銘吉 編撰

鑒真與唐招提寺（節錄）／林文月

**3.2**

族群／李世珍 編撰

關於愛／王磊（Loso Abdi）著；鍾妙燕譯

# 3.0 導讀

李世珍　導讀

## 3.0.1　報導成敗，取決於「採訪力」

「採訪」是採集與採訪的簡稱，為了深入了解詳情，透過訪問者與被訪問者之間，面對面的接觸交談，進行觀察、調查、訪問、記錄、攝影、錄音、錄影等工作相輔相成，進而蒐集調查資料的一種方法。

採訪與報導一前一後，一貫作業，採訪前的準備工作最為關鍵，提示採訪重點與主題的採訪大綱，可避免採訪過程中漏問重點或離題。依照事先給受訪者的採訪大綱，逐項採訪受訪者，主題清晰，內容明確，易於當下記錄與事後整理。

採訪前應了解受訪者的背景資料，諸如：受訪者身分（性別、年齡、教育程度、專業、職務等），與採訪主題有關的觀點、立場、禁忌與避諱等，透過受訪者的個人處境，了解同類人的處境，乃至整個族群的處境，進而整理出目前有哪些值得關注的議題。

## 3.0.2　從傾聽、關懷周遭到「採訪力」的養成

採訪需要在實踐中磨練，建議先從「傾聽」開始，「傾聽」不只是聽，而是更深一層的「理解」或「體會」，進而產生「同理心」，才能站在對方的角度提供最符合需求的主題，進行後續的採訪。而閱讀文本，正是傾聽作者內心聲音的第一步。

透過傾聽，對於採訪的主題有了初步的認識與概念，接下來就要關懷採訪主題相關的人事物，本單元提出「人」到「族群」等議題，醞釀採訪的主題與重點，作為採訪的前奏，繼而在生活週遭，挖掘值得採訪的人、文化景點，以自己的文化旅遊經驗，將旅行中的所見所聞，以報導文學的方式，呈現旅遊景點所蘊含的深度文化；並透過觀察生活周遭的外籍移民工，不論是公園裡推著阿公阿嬤的外籍看護，或是騎著電動自行車停在紅綠燈口等燈號的外籍廠工，或是在東南亞商店駐足採買的外籍移民工，都是很好的採訪對象。同學們可以透過鄰里長的介紹，或各個外籍移民工的關懷成長協會的協助，先認識他們，

再進行下一步的傾聽。新北市於 2018 年首次辦理「新北市新住民文學獎」[1]，臺灣也每年辦理「移民工文學獎」[2]（疫情期間停辦）接觸外籍移民工的生活後，以主題式的議題，進入採訪大綱的擬定，重點是採訪這些外籍移工後，同學想改變什麼？或是要關注什麼議題？這些在擬定採訪大綱前就要先有腹案，以免在採訪結束後，對移民工的生活圈沒有貢獻度。透過上述的各種方式，嘗試在採訪前、中、後的過程中，練就純熟的「採訪力」。

---

[1] 2018 年新北市文化局在新北市文學獎中增加「2018 新北市新住民文學獎」的獎項，鼓勵新住民踴躍參賽。「2018 新北市新住民文學獎」首次辦理，此刻的臺灣，透過跨國婚姻及其他原因取得本國國籍及身分證的人口已超過 65 萬人、來自東南亞的移工將近 50 萬人、新移民二代也已達 30 萬人，這些人的文化與生命經驗，豐富了臺灣，而這些的書寫，也是臺灣文學不可分割的一部分。辦理詳情，請參閱新北市文化局網站 https://literature.culture.ntpc.gov.tw/。

[2] 臺灣移民工文學獎於 2014 年開辦，由中華外籍配偶暨勞工之聲協會主辦，第一屆有 260 篇四國語文的稿件，包括：印尼 107 篇、菲律賓 74 篇、越南 63 篇、泰國 16 篇，印、菲、越、泰四國母語評審和網友們從中挑出 42 篇入圍作品，由主辦單位翻譯為中文，再交由 5 位中文評審，決選出 8 位得獎者，包括首獎 1 名、評審團獎 1 名及優選 6 名，總獎金高達 30 萬。

# 3.1 人物

洪銘吉 編撰

## 3.1.1 解題

　　敘事文，著重在人物、對話、場景、動作的描寫，而這描寫的內容，事件發生的曲折或人物情緒的起伏高低，就是情節。廣義來說，透過文字的安排，把一件事依時間順敘，或倒敘的方式，將情節鋪展開來，就可說是一篇敘事文。而透過口說，也可算是口語表達。敘事文可針對事實描寫，也可是虛擬的故事，虛擬的故事，即現在所謂「街談巷語」的小說。

　　報導文學，是以文學手法報導單一事件或一主題，與新聞報導不同：報導文學，可摻雜個人情感、偏好等主觀意念，新聞視角則要求客觀立場，不容有報導者的意識。

　　前兩者的綜合體，便是遊記。遊記，有既敘情又寫景的；也有單是寫景的，前者多見於清代以前散文的遊記，今人在臺灣各地或出國旅遊的部落格、臉書的寫作也很常見。而單是寫景的遊記就少，市面上所見旅遊書，應該就是其中之一。查閱旅遊書的人，通常是照著書裡介紹的路線、景點、食店、購買物品店家，按圖索驥，對計畫到某地觀光旅遊的人而言，最為省時省力。而對著書者來說，著述前準備的參考資料，實際勘查路線、對沿路吃食的了解、商品物值的探查等等，則是一件勞心勞力的浩大工程。

　　林文月的《京都一年》，偏向遊記式的報導文學。林文月出生上海日本租界，學得日本語言，了解日本文化，但到京都從事學術研究近一年，休暇時期，與日本友人前去參觀京都茶會、寺廟、祭典、歌舞伎、親身觀察京都櫻花季、古書舖、品嚐京都的吃食，對在京都的日本文化各方面的理解，除了自己原本對日本文化的認知之外，靠京都友人的說明及自身在圖書館查閱相關書籍，也是促使林文月這本《京都一年》真正具有閱讀價值的原因，常言道，「外行人看熱鬧，內行人看門道」，對喜愛日本的人而言，除卻吃喝玩樂之外，知性、文化性的旅遊也是另一種情趣。

學習目標：

一、 培養閱讀今人在國內外旅遊文學的樂趣，藉以增廣自己的視野。

二、 激發個人對文化旅遊，探索歷史人物、古蹟的興趣，開拓旅遊在吃喝玩樂以外的見解；了解並尊重本國及外國的文化傳統。

三、 培養從事個人旅遊寫作的敘事能力。

　　本文節選自《京都一年》的〈鑒真與唐招提寺〉一文，《京都一年》是作者林文月在民國 58 年冬，獲國科會計畫前往京都大學訪問研究一年，利用週末日，觀察、探索、採訪京都的風俗民情、文物景觀所寫的雜記。

　　京都，古稱平安京，是日本平安時期政治、文化中心，直至今日，仍保存許多平安時期的古建築、民風，作者藉由親眼目睹，結合歷史記述與古典文學的內涵，將平面的史蹟及少為人知的民情，轉化為活躍紙上的社會百態。作者能夠深入淺出地描繪京都的種種生態，不僅得自於自身通曉日文、居住在京都而已，如作者所言：「三十六歲的我，身心俱處於最佳盛狀況，而第一次在異國獨居，不免對許多事物都是好奇的；不僅好奇，又有一種屬於年輕時期的勇氣和認真，凡事不畏艱難，必要追根究底。我閱讀許多有關京都及近郊的名勝古跡介紹書籍，按圖索驥一一探訪，保留所有參觀過的說明書和相關資料，又利用『人文』圖書館內的豐富藏書，追究事務的歷史因緣和脈絡。」（〈新新版序兼懷悅子〉）因此，本書對京都的歷史文物如奈良東大寺的正倉院（收集日本平城京時代的古物，鑒真東渡攜帶唐代的佛典、佛教器物、香器、藥典均被收留在此）、桂離宮、東寺、唐招提寺，京都茶會文化、歌舞伎、庭園、櫻花季、祇園祭、古書舖、美食等等，皆有細膩的觀察，饒有趣味的敘述。

　　〈鑒真與唐招提寺〉一文是作者參觀唐招提寺後所寫。唐招提寺興建距今已近一千三百年，為唐大和尚鑒真接受日本僧人榮睿、普照禮請，東渡日本傳授佛教戒律。鑒真經過五次東渡失敗，終於在唐玄宗天寶十二年冬，抵達日本薩摩國（今九州），再經船運經難波（今大阪）抵達當時的京都（今奈良西的平城京）。

　　本文前半段著重在鑒真生平及五次東渡過程的敘述，後半段是在解說鑒真與唐招提寺的關係。鑒真，唐代武則天垂拱四年生於揚州江都縣，十四歲從大雲寺智滿禪師出家，又從道岸禪師受菩薩戒，恆景禪師受具足戒。後到長安，學習戒律、天臺止觀、密學。玄宗天寶元年，來唐日僧榮叡、普照以日本佛學戒律規範不一為由，請鑒真東渡宣揚佛教戒律學，鑒真為兩人誠心所感，遂答應渡海。大抵，鑒真在日本傳授戒律十年，對日本佛教界影響深遠。

本文閱讀之價值，在於透過鑑真東渡日本傳授佛法了解唐、日佛教界往來情形，更可以知道中國在中古世紀輝煌燦爛的各種文化，吸引日本、高麗、新羅、百濟派遣留學生、留學僧到唐朝來學習中國文明，經商、從事各類職業的移民更不計其數，今日日本許多文化，如茶道、香道更是從中國宋朝傳到日本，後出轉菁，孔子說：「禮失求諸野。」在我國難以見到的一些文化卻反而可以從日本民間文化看得到，對喜愛日本文化的國人，提供了一個令人省思的借鑑。

## 3.1.2　作者

林文月，臺灣彰化縣北斗鎮人。父親林伯奏，臺灣企業家，曾任華南銀行總經理，母親連夏甸，為《臺灣通史》作者連橫長女。林伯奏年輕時留學上海，1933 年，林文月出生、住在上海日本租界，自幼便接受日本教育。十一歲（1946）遷回臺灣居住，學習臺語，接受中文教育。後考取臺大中文系、中文研究所，碩士畢業後，留校執教。曾任美國華盛頓、史丹佛、加州柏克萊等大學客座教授。1993 年退休，1994 年受聘臺大中文系名譽教授，退休後隨先生郭豫倫移居美國。2023 年 5 月 26 日於美國逝世，享耆壽九十。

# 3.1.3 課文

## 鑒真³與唐招提寺（節錄）

林文月

　　天平勝寶八年（西元七五六年）⁴，鑒真出任為僧綱（即僧侶之國家統制機關）最高地位的大僧都。他的弟子法進則任命為律師。⁵不過，鑒真任大僧都僅只二年，即辭職離開東大寺。⁶與他同時東渡的中國門徒，除法進之外，亦皆於同時離開了東大寺。關於鑒真辭大僧都之職的原因，歷史上沒有記載，不過，近世史家有一種假設：認為，鑒真之辭職可能與同時出任為另一大僧都的日本僧良弁有關。⁷佛門亦不免有意見相左之事，這個例子可見於前文空海與最澄之由交惡而絕

---

3　鑒真，唐揚州人，玄宗年間東渡日本傳授佛教戒律，後建立唐招提寺，逝於日本。

4　天平，天平勝寶兩年號相同，是聖武天皇年號，八年傳位皇太子，故時為日本孝謙女皇，天平寶字為孝謙女皇年號，二年讓位給淳仁天皇，改任上皇。天平寶字八年，廢淳仁天皇，孝謙女皇復位，改稱「稱德女皇」，改元天平神護。因此，天平寶字是孝謙女皇、淳仁天皇、稱德天皇三位天皇年號。

5　佛教有經、律、論三藏，經是當年佛說法的文字紀錄，律是佛定的教團戒律，論是佛教徒或學者討論教義的集冊，傳授戒律則可稱為律師。

6　（林文月）原註：「當時東大寺為僧綱之衙門，故鑒真辭去大僧都職必須離開東大寺。」東大寺建於聖武天皇（728年）時，位於平城京東方，故取名東大寺，為當時日本各地國分寺的總寺院，也是佛教華嚴宗總本山。內供奉盧舍那佛（編者按：天台宗稱之，即釋迦牟尼佛，密宗稱之為大日如來）。東大寺曾因多次內亂而焚毀，今所見乃完成於1709年，為全世界最大木造佛寺建築。

7　良弁（ㄅㄧㄢˋ），奈良時代學習法相唯識論，後學華嚴宗。曾依東山（今奈良縣生駒市）修行，聖武天皇賜予金鐘寺。天平寶字四年（751年），因興建東大寺而任初代別當（如今住持）。八年（756年）和鑒真同任大僧都。

交的事實。[8] 乃何況以一個外國人而身居最高權威的大僧都職，其處境之難，可以想見。而鑒真不發一言，默默離開東大寺，正足以表現其人胸襟之廣，氣量之大了。

辭去大僧都職後，鑒真接受了新田部親王舊宅[9]，與追隨他的弟子們著手興建一所新的律宗精舍[10]——「唐律招提」。[11] 這座私人的寺院，其規模自然不能與官方的東大寺或西大寺[12]相比，其資金也並不寬裕，但是在這樣薄弱的客觀條件下，他們仍毅然決然地開始了鑿土奠基的辛勞工作。支持他們的力量，毋寧乃是一種超越國境的崇高的宗教理想！工程一度曾因天皇駕崩而輟止，所幸，不久又蒙新天皇敕准而得以繼續營造。

天平寶字三年（西元七五九年）八月，寺院主要部分已逐漸落

---

8 （林文月）原註：「詳見〈空海・東寺・市集〉。」空海，日人尊崇為弘法大師，最澄，尊為傳教大師，兩人同於桓武天皇延曆二十三年（804 年）到唐朝留學，空海入長安青龍寺從惠果學習真言密教，回日後為日本密宗第一代傳人；最澄入天台山習天台宗，兩人返日後，本有共同改革日本佛教的企圖，後因兩人性格差異及其他種種因素，遂導致兩人絕交。

9 新田部親王，天武天皇第十子，歷文武天皇、元正天皇、聖武天皇，逝於天平七年。天平寶字三年，淳仁天皇將新田部親王宅邸賜予鑒真，建立唐招提寺。

10 精舍，佛教僧人、居士修行處所。

11 招提，原意為遊行四方，居無定所的僧人，在此指從唐渡海來日的僧人。由於當時日本佛教戒律不完整，鑒真東渡，正為傳授佛教律法而來，故其頗受當時日本佛教界尊重。

12 天平寶字八年（764 年），平城京發生藤原仲麻呂叛亂，事後，隔年（729 年，天平神護元年），孝謙女皇在建造西大寺為國家祈福。編者按：自奈良時代以來，日本京城皆有東、西寺。平安時代京都的東、西寺建於嵯峨天皇弘仁十四年（823 年），但後因遭火災，今已不見京都西寺。東寺，嵯峨天皇賜予空海，佛寺山名八幡山，今為日本佛教密教真言宗總本山，為平安時代遺留至今唯一佛教建築。

成，孝謙天皇並賜「唐招提寺」之匾額，以懸於山門 13，又下詔：今後凡出家者，必先入唐招提寺學律學，而後可以自選宗派。於是四方學徒麕集 14 習律，頗極一時之盛。

卸去大僧都之職的鑑真便在這所唐招提寺內講律授戒，度其餘生。天平寶字七年（西元七六三年）五月六日，一代巨師結跏趺坐 15，面西圓寂於該寺講堂 16 內。死後三日，頭部猶有餘溫，故而久久不能葬。翌年，日本派使者到揚州報喪。揚州諸寺僧侶皆著喪服三日，向東哀悼，以紀念這一位不畏艱難東渡弘法的偉人。

今天，在距離奈良平城宮故址西南不遠處的叢林之間，莊嚴肅穆的唐招提寺依然屹立著。當然，在悠久的歲月裡，隨著世態的變遷，它曾有過香火衰微的時期，然而與許多同樣的木造寺院相比，唐招提寺算是很幸運的，因為千二百餘年來，它未曾遭遇過什麼兵火水災，而全部伽藍 17 都能保存原來的面貌。不過，據唐招提寺史料記載，今日所見的該寺伽藍卻不一定皆修成於鑑真在世之時。以鑑真及其門徒當初貧乏的資金，這所寺院的建造恐怕是相當困難的。他們在有限的經濟與精力的許可範圍內，只能依實際的需要，逐一修建：先造日常起居的僧坊，而後食堂，而後講室。至於該寺建築物精華之一的金

---

13 山門，佛寺的入口，今道教宮觀也有山門。但日本佛教的山門的意思，與中國略有不同，山門，也稱三門、不二門，佛教三種解脫門，空門、無相門、無作門，意謂入門之後，六根清淨。另一意，則有入山門之後，與世俗隔離，進入佛的領域之意。

14 麕（ㄐㄩㄣ）集，群聚之意。

15 也稱結跏、跏坐、跏趺，是兩足交合而坐。

16 講堂，講經堂。以編者所見京都南禪寺講堂，堂上供奉釋迦牟尼佛，佛前供桌擺放鮮花及供品。佛前供桌有講座，約有二階高度，講座是一張大椅，大椅前有一桌子，講桌兩旁有木魚及磬，（不知是否有如中國南北朝設置的都講），座前地上鋪設蒲團，可容納約二十人聽講。

17 伽藍，僧院，僧人聚集修行的場所，現多稱寺院。

堂[18]，其修成時間恐怕更在晚後，或謂落成於寶龜七年（西元七七六年）[19]，則這座壯麗雄偉的伽藍，竟是在鑒真之後才修造的，那麼雙目失明的高僧也就不曾有過觸摸其八大環柱的可能了。

唐招提寺的特色之一，乃是由伽藍建築的各堂宇所配置而成的空間調和之美。以金堂為中心，其背後有講堂，東側有鼓樓、藏寶庫、藏經庫及禮堂；西側有鐘樓及開山堂、西室遺址。各建築物之間，既不過分密集而呈相互干涉，亦不過分疏隔而彼此獨立，在整體上，經過精細的布局，故有息息相關的氣氛，而青松黃荻點綴其間，更收幽美的效果。

這一群古穆的伽藍建築保留著鑒真時代唐朝寺院的風貌。唐朝與平安時期[20]的宮殿，今日已蕩然無存，但是因為唐招提寺的講堂原是以平城京的東朝集殿[21]遷建的，而昔日平城京的宮殿則大體模仿長安宮殿建修，所以該講堂也就變成了當年宮殿建築的罕貴實例。歇山頂（日人稱「入母屋」）式[22]的殿頂呈緩和的坡度，殿堂高昂而寬廣，白色的牆和木質自然的正面十片門扉，予人從容的大陸氣象，而當踏入磚地的殿內時，人所感受到的氣氛，也與走在木板蓆地的純日式寺院時迥然不同。這座講堂內供奉著不少木雕佛像，由於歷時悠久，多

---

18 金堂，本堂，即佛教寺院的中心，安置該寺信仰本尊的地方。華人地區多以大雄寶殿稱之。

19 日本奈良時代光仁天皇年號（770-781 年）。

20 平安時代，日本桓武天皇將京城從奈良遷至京都起算，共歷三百多年（794-1185 年）。明治天皇將日本京城遷至東京，故京都人常以京都實際是日本千年古都為傲。

21 朝集殿，為天皇舉行即位儀式、新年元日朝賀、任官、改敘、告朔、接見外國使臣之處，分東、西兩殿。

22 中國古代屋體建築，一為硬山式，即房子兩側上沿（稱之為山牆），完全收入屋頂前、後斜坡頂內；歇山式則是房子左右兩側各多了一片小屋檐，因此有四面垂坡。日本佛教寺院古式建築多仿唐、宋，是以其名稱雖有不同，但建築工法卻多一致。

數已殘闕不完整。有一座稱做唐招提寺樣式的失去了頭和手的如來形立像，雕工細緻，無論其站立的姿勢，及衣褶的線條，都非常柔和優美。如果說西洋的維納斯石像因斷去了手而增加其藝術的神祕感；這座沒有頭和手的如來木像也因其殘闕不全而更令人印象深刻了。講堂之內光線幽暗，十幾座佛像靜穆地排列直立著，一種融合了宗教與藝術的美，使人感動屏息。

金堂正對著山門，堂堂地坐落在寬廣的白色碎石路盡頭。在整個建築物的比例上，屋頂佔著過半的高度，因此那緩和的坡度，寬大的面積，予人從容的感覺，而頂上兩端翹起的鴟尾 [23]，則於靜美之中表現力感。前簷下有高大的八根環柱，在寬長的廊上造成平衡的空間畫面。金堂和講堂同樣都是七間 [24] 之中，五間設門兩端盡間開窗的形式。這座金堂是少數天平時代（西元七二九～七六七年）金堂遺構之一，故而十分貴重。據寺傳，為鑑真弟子少僧都如寶所造，屬於奈良時代末期的建築，其建築式樣也是模仿唐朝寺院的。

金堂與講堂東側的二座藏經庫，與藏寶庫同屬於正方形的校倉造 [25]。為避潮濕而高架屋基，規模自然遠不及東大寺的藏寶庫，但是具體而微，其保全歷史遺物的功效是同樣的。

---

[23] 鴟尾，中國南北朝以來，即在屋脊尾端裝飾鴟尾，一說是改自漢代的朱雀，一說是鶹鷹。中唐以來，鴟尾演變成短尾捲曲的獸頭，口張大銜吞屋脊，又說是鴟吻、蚩吻。明代以來，民間認為是龍生九子之一，龍生於天，又生水，因此有興雨、防火的喻意。這在中國古老磚瓦、木造建築是常見的裝飾。

[24] 間，又稱開間，是日本寺廟仿唐式建築，正面以開間計算其寬距，越往左右兩邊，開間寬距變小，通常以開間奇數，少有偶數，如八柱七開間二窗一門，就是說八根木柱，七個開間，二（音格，分層、分隔之意，窗僅開間的上半部）扇窗，一 扇門（一大門兩片左右開門版）。

[25] （林文月）原註：「日本古代木造倉庫建築物，其基甚高，利用木質對燥濕之反應，具有通風防潮效果。」今奈良東大寺寶庫正倉院的建築體式，即是校倉造。一說唐招提寺藏經庫，是日本最早校倉造建築。

　　金堂之西，走過松針滿地的小徑，戒壇[26]便在道路的盡頭。四面圍繞土牆，牆內雜草叢生。經過嘉永四年（西元一八五一年）的火災，戒壇焚毀以後，迄今，只留下花崗岩的巨大底基，一任風吹雨打未曾再建。遙想鑑真當年應榮叡與普照之邀請渡海東來，最主要的任務乃在為日本佛教界傳授戒律，又當其身為大僧都之時，東大寺內主持天皇以下各大僧之菩薩戒的壯舉，戒壇應當是最為這位大師所重視的地方，而今唐招提寺的戒壇卻任其荒廢失修，實在遺憾之至！

　　在講堂之後稍高處，有一座御影堂[27]，裡面安置著鑑真的肖像雕刻。關於這雕像有一傳說：天平寶字七年（西元七六三年）春，鑑真的健康漸衰退，有一夜，其弟子忍基夢見講堂的棟樑折斷，認為係其師死亡的預兆，遂與其他僧徒開始造鑑真像。這座鑑真像為木雕脫乾漆像，坐高八十公分。結跏趺坐，靜閉雙目，面部表情安詳，卻充分流露著屢挫不敗的堅強意志，和以戒律淨化佛教界的偉大精神。

　　鑑真的墓與御影堂比鄰，步入土牆與木扉的墓園內，有一條泥徑夾在青苔松林之間。順著泥徑走，步過荷葉處處的池塘小橋，前面有一座寶篋印塔式[28]的石塚，便是鑑真之墓。石塚並不高大，也沒有雕琢，它只是簡樸的一堆積石，靜靜地矗立在幽暗的林木之下，但是那苔痕斑斕的墓前，鮮花未曾斷絕過。「桃李不言，下自成蹊。」[29]千二百餘年來，日本男女，無論佛徒與否，對於我國這位不畏艱難，東渡弘法的大德，由衷感佩，故不分晴雨，墓前永遠有憑弔者流連徘徊。

　　盛唐開元天寶之際，正值我國文化高漲，當時日本政府為迎頭趕

---

26　專為僧人、信眾進行授戒儀式而興建的壇。

27　「御」字是敬詞，日本佛教寺院的祖師堂，堂中有祖師的泥塑或木雕，或畫像，以供後人瞻仰。

28　佛經的寶篋印，是指寶篋印陀羅尼，寶篋印真言咒，將此經書或咒語放置塔中，即是寶篋印塔。

29　出自《史記·李將軍列傳》，意即桃、李樹不吸引人，但開花時，遊人日多，久而久之，樹下自成一條道路。喻人只要能忠厚、篤實，就能感動人。

上，曾大量派遣各方人才入唐留學；而鑒真以一介高齡盲僧，憑其個人的無比堅毅精神，透過宗教的戒律，將我國的文化帶來了日本。時間與事實證明，他辛勤的播種，終於開花結果在每一個日本人的心上。今日，到唐招提寺來參觀的人，將不只看到眼前座座的伽藍，他所感受到的是一種高度文化的偉大影響力；而對於鑒真其人的崇敬，也實在是超越了狹窄民族觀念的衷誠感情。

* 本文選自林文月（2019），《京都一年（修訂三版）》。臺北：三民書局。本文由三民書局授權使用。

心得寫作

# 3.1.4 閱讀導引

## 一、照片集錦

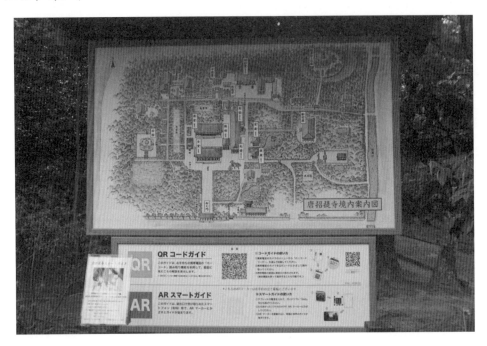

▲ 唐招提寺全圖

▲ 世界文化遺產唐招提寺

▲ 唐招提寺山門

▲ 孝謙女皇題字

▲ 金堂

▲ 講堂

▲ 戒壇

◀ 鑒真墓地

以上照片均由洪銘吉拍攝及提供。

## 二、鑒真和尚大事紀

| 項次 | 西元紀元 | 唐代紀元 | 日本紀元 | 大　事 |
|---|---|---|---|---|
| 1 | 688 | 武則天垂拱四年 | | 出生於揚州。 |
| 2 | 701 | 大足元年 | | 出家揚州大雲寺。 |
| 3 | 705 | 中宗神龍元年 | | 從道岸律師受菩薩戒。 |
| 4 | 707 | 神龍三年 | | 到洛陽、長安，學得藥方。 |
| 5 | 708 | 景龍二年 | | 從弘景禪師受具足戒。 |
| 6 | 709 | 景龍三年 | | 跟弘景學習律宗、天台宗。 |
| 7 | 710 | 景龍四年 | | 跟融濟律師學習道宣《四分律行事鈔》、《注羯磨》、《量處輕重儀》，從義威律師學《四分律疏》。 |
| 8 | 713 | 玄宗先天二年 | | 南歸揚州，講《礪律疏》。 |
| 9 | 718 | 開元六年 | | 講《南山鈔》及《輕重儀》。 |
| 10 | 727 | 開元十五年 | | 講《羯磨疏》。 |
| 11 | 733 | 開元二十一年 | | 大明寺教戒律。 |
| 12 | 742 | 天寶元年 | | 大明寺講律，日僧榮叡、普照預席，邀鑒真東遊興化。第一次東渡，然海賊大動，公私勸阻，鑒真不得東渡。 |
| 13 | 743 | 天寶二年 | | 第二次，從揚州出發，遇海難回揚州。第三次，乘船出海，又遇大浪，回返。第四次，本想從福州出海，但在溫州被捕，只好回揚州。 |
| 14 | 744 | 天寶三載 | | 越州、杭州、湖州、宣州講律授戒。 |
| 15 | 748 | 天寶七載 | | 榮叡、普照至揚州請鑒真東渡準備東渡。從揚州出海，遇海難，船漂流至海南島，以失敗收場。此為第五次。 |
| 16 | 749 | 天寶八載 | | 聖武天皇決心建東大寺，任良辨為第一任別當。鑒真在萬安、崖州（今海南）傳授戒律。 |

| 項次 | 西元紀元 | 唐代紀元 | 日本紀元 | 大　　事 |
|---|---|---|---|---|
| 17 | 750 | 天寶九載 | | 鑒真至廣州，榮叡圓寂。回揚州。 |
| 18 | 751 | 天寶十二載 | | 第六次東渡，日本遣唐使藤原清河、吉備真備等至揚州請鑒真東渡。隔年正月二十日，鑒真到達薩摩國阿多郡秋妻屋浦。 |
| 19 | 754 | 天寶十三載 | 天平勝寶六年 | 鑒真經太宰府到達難波，禮拜四天王寺，入奈良京，置東大寺。敕授傳燈大法師位。築戒壇於東大寺，聖武上皇登壇受菩薩戒，次孝謙天皇。 |
| 20 | 755 | 天寶十四載 | | 鑒真進醫藥為皇太后治病。移戒壇置大佛殿西別作戒壇院。 |
| 21 | 756 | 天寶十五載（肅宗至德元年） | | 鑒真任大僧正并大僧都。 |
| 22 | 757 | 至德二年 | 天平勝寶七年 | 聖武天皇賜地，建招提寺，施水田一百畝。 |
| 23 | 758 | 至德三年 | 天平寶字二年 | 詔停僧綱之任，賜大和上之號。專心教受戒法。 |
| 24 | 759 | 乾元二年 | | 鑒真命招提寺寺基所在之山泉為醍醐。寺院初名建初律寺，後改名唐招提寺。廢帝（淳仁天皇）命天下尼僧入寺受戒學律。 |
| 25 | 761 | 上元元年 | | 鑒真奉敕在下野藥師寺，筑紫觀音寺各建戒壇。 |
| 26 | 763 | 代宗廣德元年 | 天平寶字七年 | 春，弟子僧忍基夢見講堂棟樑摧折，知為鑒真遷化之相，遂率弟子為鑒真模影。五月六日，鑒真遷化。春秋七十有七。 |
| 27 | 764 | 廣德二年 | | 日本國遣使至揚州諸寺報喪，揚州諸寺僧侶舉哀三日。 |

整理自吳平、吳建偉編著（2018），《鑒真年譜》。江蘇：廣陵書社。

## 3.1.5　習作

| 班級 | | 姓名 | | 學號 | | 評分 | |
|---|---|---|---|---|---|---|---|

題目：請以自己文化旅遊的經驗，以第一人稱視角，寫一篇旅遊過程中的所見、所聞。（字數限 250 字）

# 3.2 族群

李世珍　編撰

## 3.2.1　解題

　　〈關於愛〉（TENTANG CINTA）一文，作者是一名在臺灣工作六年的印尼移工王磊（Loso Abdi），此文在 2018 年獲得臺灣第五屆移民工文學獎[1]的首獎和青少年評審推薦獎，原文為印尼文，在評選時由主辦單位協助譯成中文。透過閱讀文本，認識臺灣七十萬移民工的生活日常；而臺灣移民工文學獎的開辦，也讓大家有機會透過文字了解移民工在臺工作的內心世界，以新移民、移工為主體的角度，呈現出「（在臺灣這個）異地漂流（移工）、兩個故鄉（新移民）、雙重血緣（二代）的文學風貌」[2]，移民移工真實的生命經驗也著實觸動了評審和讀者的心弦。

　　臺灣是個多元族群組成的國家，除了原住民、閩南、客家與外省族群之外，近三十年來還增加不少新住民與外籍移工。外籍人士或來臺定居、或來臺工作，對於從國外來到臺灣結婚、移民而定居的人士稱為新住民，近三十年間，新住民來自中國大陸地區為最多，其次為越南、印尼、港澳、菲律賓；外籍移工，依據聯合國 1990 年通過《保護所有移工及其家庭成員權利國際公約》（*International Convention on the Protection of the Rights of all Migrant Worker and Members of Their Families*）第 2 條第 1 項，使用「移徙工人」（Migrant Worker），定義為「在其非國民的國家將要、正在或已經從事有報酬的活動的人」。臺灣於 2019 年 5 月 1 日起將「外籍勞工」在中華民國居留證上的居留事由正式改為「移工」。這些來自不同國家的新住民、外籍移工，將他們的青春歲月貢獻給臺灣，直接或間接促進臺灣社會的進步與繁榮，他們帶來家鄉的文化、美食，也讓我們的社會

---

[1] 臺灣移民工文學獎於 2014 年開辦，乃因深感於移民、移工的聲音被主流社會忽略已久，臺灣有一群人從下到上發起了移民工文學獎，鼓勵來自東南亞的移民、移工以母語寫作，訴說埋藏內心的情感，挖掘出另一種審視臺灣的角度，而為了給當時只有 15,840 元月薪的移工鼓勵，移民工文學獎更祭出首獎獎金 10 萬元。

[2] 相關報導請參見蘇品慈（2015 年 4 月 8 日），〈籌辦了臺灣史上第一個移民工文學獎，這群「愚人」又為新移民打造一間有家鄉味的書店〉，《The News Lens 關鍵評論網》，https://www.thenewslens.com/article/14023。

有了更多元的風貌。

　　〈關於愛〉一文，創作發想來自於作者王磊（印尼籍）朋友的親身經驗，故事描寫照顧特殊兒童的印尼女性看護，在家鄉子女和雇主小孩之間情感的拉扯與抉擇，文字樸實、真摯，獲得評審一致好評。王磊 2011 年到 2016 年在臺灣工作，現在已經回到家鄉印尼；他感謝臺灣願意傾聽移工內心的聲音。他說：「謝謝臺灣給我很多東西，謝謝你們聽我們的故事，聽我們的心，因為很少人願意聽移工的心聲，但是臺灣願意聽我們的聲音。」這一篇外籍移工的故事，讓大家看到了臺灣移工的內心世界。其實外籍移民工在臺灣和我們生活在一起，已經超過三十年，但我們卻完全不了解他們，閱讀〈關於愛〉這一課，必須先了解臺灣外籍移民工歷史，認識關注外籍移民工議題的媒體與團體，如《四方報》[3]、One-Forty [4]、社團法人臺灣新住民關懷協會 [5]、新住民家庭成長協會 [6] 等。

　　臺灣是個移民社會，移民工對於家鄉的思念與文化失落的悵然，能感同身受的人不多，臺灣社會對於移工與新移民做的始終不夠，臺灣有很多善良的人，但臺灣的法律制度跟不上臺灣人心裡想的，制度設計不夠善良，讓很多移工沒有辦法休假。現在政府推動新南向政策，「新南向應該從這個地方（移工文學獎）開始，如果能夠讓優秀的得獎者馬上獲得居留權，才是新南向政策最好的實踐」[7]。臺灣是一個多元文化的社會，在朝向國家永續發展的過程中，重視臺灣移民工的存在與心聲，包容島上不同族群與文化，臺灣

---

3　《四方報》定位為「異鄉人的好朋友」，成為東南亞移民／工朋友們在臺灣發聲及重要資訊的媒體平台，是臺灣的多語言之報紙型月刊。越南文《四方報》於 2006 年創刊，創刊發行人為成露茜，總編輯為張正。之後幾經轉型，目前是以中文呈現的東南亞新聞農場，其中有移工、新住民、新南向政策、東南亞產經與東南亞新聞等相關報導，為今日傳媒公司版權所有。https://www.nownews.com/cat/4wayvoice/。

4　One-Forty，一個關注東南亞移工教育的非營利組織。從 2015 年開始，One-Forty 專注於培力東南亞移工，讓移工在臺灣的跨國旅程持續學習實用的知識技能，除了適應異鄉生活，回國後更有能力經濟獨立、打破貧窮的惡性循環，為自己、家人、家鄉，乃至下一代創造更好的生活。One-Forty 也定期籌劃各種文化交流活動，持續創造臺灣人與東南亞移工的互動與同理，更看見彼此身上的故事和價值。最終，希望讓臺灣成為一個更多元包容且實質友善的社會。https://one-forty.org/tw/blog/migrant-statistics-in-taiwan。

5　該會以服務兩岸婚姻家庭及移住臺灣地區之外籍配偶，輔導適應在臺生活，促進社會祥和為宗旨。https://org.twincn.com/item.aspx?no=31696474。

6　該協會以打造新住民友善社會為努力的方向，積極提供新住民諮詢輔導、培力課程、多國語能力運用、跨文化溝通理解。https://www.immfa.org.tw/。

7　誠致教育基金會董事長方新舟於第三屆移民工文學獎頒獎典禮時所發表的談話。詳細報導請參見〈《海洋之歌》高詠漁工生涯〈擘裂〉坦然懺悔人生「移民工文學獎」精彩紛陳〉一文，2016 年 9 月 5 日林上祚報導。

移民工文學獎的舉辦，除了展現臺灣的文化包容力之外，營造友善環境的同時，正是實現 SDGs 聯合國永續發展目標——文化平權的最好詮釋。

本課學習目標如下：

一、 強化學生日常生活的觀察力：從認識臺灣多元族群——移民工，進而了解在臺灣為生活打拼的東南亞族群。

二、 增進多元文化的包容力：透過移民工的文學作品，了解和臺灣主流文化不一樣的異國文化，呈現臺灣多元文化的包容力。

三、 認識聯合國永續發展目標 SDGs：自聯合國永續發展的方向了解 SDGs10「減少國內及國家間的不平等」的各項內容，進而體認「文化平權」的重要。

四、 培養閱讀外籍移民工的文學作品的能力：藉移民工在臺灣的故事，了解移民工的內心世界，減少因陌生而造成的誤解與排斥，增廣自己對於臺灣多元文化社會的視野。

五、 培養訪問臺灣外籍移民工的採訪寫作能力：經由訪問外籍移民工在臺生活、工作、進修學習與休閒娛樂等面向，以同理心進行主題式的關心與傾聽，提升對臺灣外籍移民工為主題的採訪寫作能力。

## 3.2.2　作者

作者王磊（印尼名：Loso Abdi），是來自印尼中爪哇省羅梭的跨國移工，來臺灣前王磊 Justto 曾做過印尼銀行的服務人員，之後經營自己的養雞場。可惜 2011 年禽流感大爆發，雞隻全死，頓失經濟來源，剛好這時他聽同鄉說來臺灣工作待遇不錯，決定奮力一搏，來到臺灣工作。2011 年至 2016 年王磊在臺中豐原地區工作，置身在悶熱焊接工廠中，轟隆帕拉的電機運作聲，伴隨焊接時迸出的電光火花，他說在臺灣工作雖然辛苦，但所獲得的不僅僅是金錢，還有知識、經驗，以及猶如兄弟般的友人，收獲早已遠遠超過金錢；他說他很幸運擁有這一切，在臺灣遇見許多好人，都是非常樂意教導他新事物的人，這些人就像是他在臺灣的親朋好友。

2014 年臺灣辦理第一屆的移民工文學獎後，高額的獎金吸引愈來愈多的移民工嘗試用文字呈現他們的內心世界。2016 年王磊以〈海洋之歌〉一文獲得臺灣移民工文學獎的首獎，王磊表示，原本雇主禁止外勞從事非工廠勞動相關的活動，但後來在他的作品獲獎，獲得媒體關注後，雇主也覺得與有榮焉，得獎作品〈海洋之歌〉，是他印尼漁工友人的故事，他的友人父親早年在海上遇難，讓他原本對海洋心生畏懼，〈海洋之歌〉就是一篇描述漁工與雇主、已故父親的互動與情感拉扯的故事。有了雇主的認可，與得獎的激勵，王磊嘗試將在臺灣年生活中，遇到的人、事、物，寫入作品，試著傳遞他在臺灣的

美好經驗與事物。2018 年他的作品〈關於愛〉（TENTANG CINTA）獲得臺灣第五屆移民工文學獎的首獎和青少年評審推薦獎的殊榮，在得知獲獎後，他接受訪問，說他離開臺灣已經兩年，但心裡充滿懷念，他想念宿舍裡的倉鼠、小鸚鵡和小水族箱，想念賣牛肉湯麵的熱情阿伯，想念那裡的朋友們，想念在自己村莊中感受不到的臺灣生活。唯一的辦法，只有回到臺灣才能治癒這些懷念。他現在已在印尼開始新的生活，目前在一家印尼的承包商公司上班。

王磊說為什麼他要寫一篇病人和看護的故事呢？因為臺灣有很多的移民工，他們工作不僅僅是為了錢，有很多移民工為同樣的雇主工作，已超過了六年或九年，某些人已成為雇主家庭的一部分。因此，當外面有許多移民工和雇主之間關係不良的報導時，但實際上，很多人卻不知道有些移民工和雇主之間的關係十分好，感情也非常好。

他說希望他寫的故事可以成為其他移民工的參考。能夠再次獲獎（他同時也是第三屆移民工文學獎的首獎得主），真的很意外，因為他看到其他朋友的作品也相當不錯，充滿活力。總之，他真的感到自豪。工作之餘，他建議移工朋友們可以在閒暇時間參加不同活動、課程，吸收各個領域的新知識。王磊本身也積極參與社團活動，才華洋溢的他，在臺期間，曾身兼 FLP[8]（印尼跨國文學組織，Forum Lingkar Pena）的臺灣分會長。

寫作對他來說是一種分享。透過寫作，他可以向任何人分享任何事。他說：「寫作對我來說也是一種藥，幫我治癒思念臺灣之藥。」

---

8  FLP（印尼跨國文學組織，Forum Lingkar Pena）即印尼筆社，是創立於首都雅加達的文學創作社團，成員多為作家、記者與其他文字工作者。隨著印尼過去二十年的勞動力輸出，FLP 分社四立，至今在全球各地已逾萬名會員，有印尼移工的地方，就有移工文學被創作，這些文字不僅記錄著異鄉的社會現實，也成為移工抵抗剝削與壓迫的發聲媒介。

## 3.2.3　課文

# 關於愛

王磊（Loso Abdi）著；鍾妙燕譯

　　我看著她透明如玻璃般的眼珠子，美麗又閃耀著光。一直都是這樣。她，那美麗雙眼的主人，即將過來抱住我，親我的臉，然後我們會一起大笑。

　　與以往不同的是，我這次笑了很久，在這雙美麗眼睛的主人鬆開我的脖子後，我仍然笑著。當她要求換我抱她的時候，我仍然一直笑，笑到我眼淚都流出來了。

　　「阿姨哭了？」她的小手撫摸著我濕透了的臉頰。

　　「親愛的，因為阿姨笑得太用力了，所以眼淚都流出來了。」我笑著回答，然後馬上把她抱起，因為這樣我們就不會對到眼。我不希望她看到我眼中的悲傷。

　　我抱著那雙美麗眼睛的主人，抱了非常久，我拍著她的上背，直到她的呼吸聲變得規律，這意味著她睡著，進入夢鄉了。

*****

　　她，那個有雙美麗眼睛的小女孩，已經和我在一起 9 年了。我來到她父母在龍潭的家，差不多是她 1 歲的時候。嬰兒椅上的她微微蜷縮[9]，沒出聲，也沒動作，只有眼珠子十分靈活。

　　「小姐，請問是哪個孩子要交給我照顧呢？」我問了當時開車送

---

[9] 蜷縮，ㄑㄩㄢˊ ㄙㄨㄛ，舒展、伸展，有彎曲收縮之意，此處指身軀蜷曲緊縮。

我過去的仲介[10]。

「她。」她把目光轉向那個小嬰兒。

「但……」

「妳的雇主會教妳怎麼照顧好她，她就像其他孩子一樣。如果妳有什麼不懂的，就馬上打給我。」她打斷了我，話講得像一列快車般沒有停頓，連讓我講一句話的機會也不給。

當時我只能點點頭，聽著仲介所說明的一切。就像在儲備中心[11]教的那樣，對所有提問，回答「是」就對了。

「妳願意不管時限一直工作嗎？」

「是。」

「會遵守所有雇主的要求嗎？」

「是。」

「妳可以煮豬肉[12]嗎？」

---

10 仲介，人力仲介，一般是指幫助勞資雙方各取所需的服務，透過評估幫資方引薦適合的人才，也可以幫助勞動者找尋滿意的工作，國內開放引進外籍勞工後，大都偏於外籍勞力的仲介，此處是指協助外籍移工找雇主的人力仲介。

11 勞動部勞動力發展署已建置移工入國前、入國後及出國前之完整保護體系，入國前成立「直接聘僱聯合服務中心」、簽訂書面勞動契約及「外國人入國工作費用及工資切結書」、製作移工職前講習宣導影片，入國後設立「移工機場關懷服務站」、建置 1955 勞工諮詢申訴專線、設立移工諮詢服務中心、辦理雇主聘前講習、補助各地方政府及民間團體辦理移工權益保障宣導活動、加強雇主及移工宣導、提供安置保護及協助轉換雇主等作法，提供外籍移工來臺工作的各項協助。儲備中心是民間人力仲介公司為遵循勞動部相關規定而成立的單位，以協助外籍移工能及早適應臺灣的工作環境。

12 印尼籍移工，大多信奉伊斯蘭教，依該教經典《可蘭經》的規定，明文禁止的食物：1. 未唸阿拉尊名而宰殺的、自死的、血液、豬肉、悶死、打死、跌死、鬥死、咬死、祭神的等等，另外食肉之飛禽走獸、凶猛禽獸亦不可食。2. 嚴禁飲酒，因其亂性、喪志，失去理性。3. 凡有麻醉性的都與酒同樣禁止。臺灣一般家庭有食用豬肉的習慣，因為故事中的外籍看護來自印尼，不論她是否是信奉伊斯蘭教，仲介都會問可不可以煮豬肉。

「是。」

「妳可以接受沒有任何休假嗎？」

「是。」

仲介離開後，我感覺就像被扔到一個我從未駐足過的世界，一切都很陌生，即使是雇主的笑容，感覺上也奇怪。

隔天，我開始執行我唯一的工作：照顧那個有美麗眼睛的小嬰兒。

我一定要堅持走下去。我等待來臺灣工作的機會，已足足等了7個月。我的兩個女兒已很久沒繳學費了，而我的丈夫也花了太長的時間，去復原他因車禍所致的腳傷。我離家許久，卻沒賺到什麼錢，所以這次我承諾自己，盡可能做到最好，不反抗也不抱怨。

妹妹──我照顧的小女孩──是一個特別的孩子。她的身體比同年齡的孩子小得多。除了閃閃發光的美麗眼睛，她的四肢幾乎都不是「活著」的。她的手腳都很瘦小，像是沒長骨頭一樣。除了哭聲和尖叫聲，就沒有其他聲音從她嘴裡發出了。

照顧她的第一年，我母性的本能逐漸出現，我越來越愛她。剛到這兒頭兩個月內心的糾結已徹底消失。起初我非常害怕，而且有點不適應，但隨著時間推進，恐懼感也逐漸消失。

我總是小心翼翼地照顧妹妹。我每天跟她說話，慢慢地練習移動她的手和腳。我不是個可以改變她身體缺陷的天使，但我一直很努力。我希望妹妹可以像其他孩子一樣，健健康康長大。

我時時刻刻都陪著妹妹，尤其是在她6歲時，楊太太生了個弟弟給她之後，先生和太太將妹妹的所有需求都託付於我。這不是因為他們不愛妹妹了，也不是因為他們有第二個孩子，所以只想關注他，而是因為他們信任我，他們看到我跟妹妹兩人之間緊密的關係。先生和

太太都是孩子們的好父母，他們很關心孩子們的成長及發展。就像其他生活在都會區的人一樣，他們必須犧牲與孩子相處的時間，因為他們得努力工作，才得以養活孩子。

早上6點他們就出門了，把兒子送到托兒所後，便前往桃園上班，傍晚5、6點才下班返家。

有時我看他們實在很可憐，回到家已滿身疲憊，還要打理家務、照顧兒子。我其實很想協助他們，減輕他們的負擔，比方說幫忙打掃房子，或在太太做晚飯時、幫忙看小孩。但我也無能為力，因為不能放著妹妹不管。先生和太太也了解這一點，所以一次也沒麻煩過我。對他們來說，只要我把妹妹照顧好就足夠了。他們從沒給過我負擔，也沒要求我做其他的工作，從未叫我去幫忙他們任何事[13]。

但這不代表我完全沒幫忙他們，有時候我會在妹妹睡覺時盡可能協助他們做家務，有時候也邊照顧妹妹邊整理房子。

最早在楊先生家工作的時候，我從沒有休過假。太太偶爾會問我，星期日要不要休息？出去跟朋友見見面、散散心也好。只是我拒絕了，一想到我在外面玩得正開心時，妹妹哭著找我，那該怎麼辦呢？

「阿妮（Ani），難道妳不想見見朋友嗎？不想去台北逛逛嗎？」太太問道。「我們知道妳很累了，妳來這兒已經快3年了，這3年一次假也沒放過。我們不想把妳關在家裡，妳有權出去走走。」

「沒關係的，太太，如果我出去了，您一個人在家會很辛苦的，

---

[13] 法律規定，外籍家庭看護工的法定工作內容是，在家庭從事身心障礙者或病患的日常生活照顧相關事務工作，因為被照顧人生活無法自理，舉凡為被照顧人煮飯、洗衣、清潔環境等，皆為家庭看護的合法工作範圍。但是有許多雇主都以為請了外籍看護，家裡的所有工作可以請他們協助，順便幫忙煮飯、打掃、洗衣服、遛狗、幫狗洗澡等，其實這樣是違法的，故事中的楊先生、楊太太依規定只要求照顧小女孩，連小兒子都自行送到托兒所，可見是非常守法的雇主。

再說我也放不下妹妹。請您放心，我很快就要回印尼了，可以在家休息就好。」我邊回答，邊擺好在我懷裡熟睡的妹妹的腳。「我根本不覺得我被關在這兒，太太，我在這兒工作，真的覺得開心。」我接應道。

「我和先生希望妳合約結束後，還可以回來這兒。」她邊說邊揉著我的肩膀。

我望著漆色已漸黯淡的天花板。去年農曆年，先生空不出時間為房子油漆。頃刻間我的思緒已開始飄行，飄過海洋，越過高聳的山脈，然後穿過我外南夢[14]家裡的牆，我望見丈夫和兩個孩子圍坐在桌子旁，他們正看著一張漆彩斑駁[15]的木製相框裡的照片，而照片裡的人是我。那是 7 年前，我剛結束縫紉課程的照片，照片裡的我，看起來如此幸福，那是我拍過最美的照片。

珊蒂（Santi），我的第一個孩子，今年將從初中畢業；而第二個孩子巴渝（Bayu），今年將進升上六年級。我的丈夫還沒能正常活動，即使已經不用靠拐杖走路了。我能體諒他，他也是為了這個家，才變成那樣的。我丈夫是計程摩托車司機[16]，為了去接送客戶而發生車禍。車禍發生以來，家裡的經濟狀況從一開始普普通通，後來變得越來越拮据[17]。我做家庭裁縫的收入無法養活一家四口，那時候在種種考量與家人的祝福下，我最後決定出國工作，到臺灣討生活。

---

[14] 外南夢（Banyuwangi），印尼東爪哇省的一個都縣。

[15] 斑駁，ㄅㄢ ㄅㄛˊ，色彩雜亂，參差不一，指一種顏色中雜有別種顏色，形容色彩紛雜。

[16] 計程摩托車司機（ojek，印尼文），在印尼指傳統的機車計程車司機，他們會待在購物中心、辦公室等許多人口集中的地方，等到客人需要的時候，以議價的方式，雙方討論出一個滿意的價錢之後，就可以出發了。目前印尼較常見的三種的交通工具：摩托計程車（Ojek）、電動三輪車（Bajaj，臺灣有人稱嘟嘟車）、人力三輪車。

[17] 拮据，ㄐㄧㄝˊ ㄐㄩ，境況窘迫，多指經濟困難。

心得寫作

「是的，太太，我願意再回來照顧妹妹。」我點頭應道。我從上個月就開始思考、準備這個問題的答覆。我已認真考慮了，我還有許多家庭義務尚未兌現，我仍然需要錢來讓養育孩子，也需要存錢來應付家用。雖然這代表我不得不與家人再分開3年，但我已和丈夫、孩子們討論過了，不管情願與否，他們將祝福我的決定。其實若能生活在一起，那該有多好？但我們也知道，人生並不是想像中的簡單。

「謝謝妳，阿妮，先生聽到這消息一定會很高興。」太太緊緊握住我的手，她的潔亮的眼珠子外，有一圈凹陷的深黑。我知道身邊這個女人很疲憊，但我也知道，她是位堅強的女性。我從她身上學到很多，例如如何面對生活、如何堅持、如何保持微笑、以及如何為家人「挺身而出」。而我從楊太太生活中得到最為感恩的體會就是，如何去當一個，在任何情況下，都能夠給予丈夫、孩子及他人愛的妻子、母親與女人。

我在第一份合約結束前一天回印尼。先生和太太交代我回到印尼後，就直接去仲介公司辦理續約。我只能點頭說是，心裡卻惦念著孩子和丈夫，我其實想花更多的時間和他們在一起。

然而，在家這幾天，先生和太太不停地打電話給我，他們不是為了找我說話，而是因為妹妹一直鬧脾氣，說要找我，只有聽到我的聲音，她才願意安靜下來。我的心裡亂成一團，這與3年來我在臺灣工作的感覺一樣。同樣是想念，不同的是在臺灣時，我想念的是我的丈夫、孩子，而現在我人在印尼的家中，想念的卻是妹妹的臉，以及她美麗的眼睛。

一個月後，我從印尼回到臺灣，妹妹整天都黏著我，不願從我腿上離開。我從她的呼吸聲，感受到她對我的思念，而我相信，妹妹也知道我一樣十分思念她，那層層疊疊在我肌膚上的思念。

那天起，我們變回一對戀人，她十分愛我，我也一樣愛她。不知何故，我對她的愛日漸濃烈，我不再當她是我的工作，我也不在乎她

的膚色白嫩潔淨，而我的皮膚有如人心果[18]。我只把這一切看作是愛，一種我無法向任何人解釋的愛，一種像我在家裡也擁有的愛，一種不需要其他人認可的愛。

踏入照顧妹妹的第 5 年，這孩子開始展現變化，變得更加活潑。先生和太太對妹妹的進步感到非常欣慰，他們越發積極地去查有關她轉變的資料。

那一年開始，依太太的建議，我偶爾帶妹妹出門。我不只帶她去社區廣場上曬太陽，也帶著她與我的朋友們聚會，或是去印尼商店匯款[19]給家人。

一開始照顧妹妹的無趣與恐慌，最後已消失殆盡。現在和她在一起的每一天，都是幸福愉快的，有時我甚至會忘了我只是個保姆。

當我的工作合約邁入第 6 年，我開始因猶豫而困擾，而弟弟那時剛滿週歲。

同一年，我的女兒珊蒂將從高中畢業，我的夢想就是能夠掙錢供她拿到大學文憑。我最大的希望就是看到自己的孩子有所成就，讓家裡可以擺脫經濟重擔。如果可以的話，我也希望我的孩子能造福他人，這樣也許人們就不再需要為了養家而離鄉背井。因為我深刻體悟到，當一個海外移工有多麼辛苦。

然而另一方面，我也希望能陪在丈夫和孩子們身邊，替他們做

---

18 人心果（sawo），水果名，成熟的果實星褐色，有點像奇異果的外皮顏色。

19 在臺灣隨處可見移工雜貨店，裡頭有東南亞的泡麵、調味料、生活日用品，應有盡有，像臺灣的 7-11 一樣，尤其是還可以匯款，因此受到移工們的喜愛。因外籍移工的工作時間長，通常下班後，銀行、店面都已打烊，移工要匯款到家鄉，不是得排休就是找人代為處理，而移工雜貨店、超市成了移工們「寄託」之處。透過印尼商店的協助，手續費大約 100-250 元臺幣，移工的家人在 2 天內就可領到錢。

飯，替他們洗衣服、生病時照顧他們，聽他們分享學校朋友的故事。我簡直進退兩難。

我那一整年都過得很辛苦。太太多次詢問我的決定，她對我抱持著很大的冀望。至於妹妹，她越來越繫心於我。每當那女孩抱住我、親吻我的臉時，我不再續約的決心就徹底粉碎了。然後又透過她的雙眼說：「阿姨，永遠都不要離開我好嗎？我愛您！」

老天，誰不會因為她真誠的眼神而融化？誰又捨得讓那雙美麗的眼睛流出淚呢？

在我的第二份合約結束的前4個月，發生了件大事，一件讓楊先生一家人淚流、又喜又悲的大事。

我記得很清楚，那天是8月3日，在我們吃完晚餐後，如往常大家聚在客廳裡看電視。通常會呻吟、尖叫的妹妹，那晚卻比較安靜。真是貼心的孩子啊！也許她知道，我為了減輕些她媽媽的負擔，除了照顧好她，我也幫忙打掃房子，知道我累，所以她不吵不鬧。

我們電視看得興致正高時，突然有一個小而微弱的聲音呼喚著我。

「阿姨……阿姨……」

我們三人立即轉頭，向妹妹那兒望去。小女孩微笑著，口中喃喃自語，或許正在呼喚我。

那應該是對先生、太太、還有對我而言，最快樂的一個夜晚。但事實上，妹妹的聲音，她第一次叫人的聲音，在太太的心口上留下一道深深的疤。

我低著頭，感到過意不去。我明白，當自己至親的孩子，從口中說出的第一句話，不是自己的母親的時候，她會有多麼心碎呢。

先生也熱淚盈眶，但我不曉得他感受為何。那個戴著眼鏡的男人，起身把女兒擁入懷中，妹妹高興地叫了起來。她感受得到我們的喜悅，但她無法感受母親內心的疼痛。

我隨即跟上已走進房間的太太，離開仍然相擁的父女。

那個女人坐在床角，雙眼紅腫，好像是在向我訴說：女兒真正的母親受傷了。

而我也感受得到她眼神所欲傳達的訊息。我能體會她傷口的痛，因為我也是個母親。

「太太，對不起。我從沒教過妹妹怎麼叫我，我總是教她如何叫妳和先生。太太，請原諒我。」我拉著她的手，這個女人一動也不動，眼淚卻不停地落下，讓我越發內疚。

「太太，我向妳保證，明天或者是後天，妹妹一定能叫妳一聲媽媽、叫先生爸爸的。」我盯著她悲傷的雙眼，那雙別有意味的眼睛，透漏著她所思所想：我算什麼母親？我自己的孩子說出口的第一句話不是「媽媽」，不是叫我，而是叫別人！

我們彼此沉默了幾乎 5 分鐘。我不知道該對她說什麼。直到她拉著我的手說：「阿妮，該道歉的人應該是我。」她緊握著我的手說道。她的手顫抖著。

「妳沒有錯，完全沒錯。妹妹只是說她想說的。對，我是那個生下她的人，但妳才是每分每秒陪在她身邊的人。我不應該這樣的破壞氣氛的，我們應該在妹妹面前，表現我們的開心，慶祝我們一直認為不可能發生的奇蹟才是。我應該感謝妳，阿妮，因為有妳，妹妹才能像現在這樣。我敢確定，醫生一定也會對她的進展感到驚訝。阿妮，真的謝謝妳。」太太微笑地說完她的話，嘴角揚起成和藹的笑容，而她眼裡的傷，也逐漸淡去。

「太太不生我的氣嗎？」我愚蠢地問道。她隨即抓住我的肩膀，緊緊地抱著我，以示回應。

「謝謝妳，阿妮，我求妳繼續照顧妹妹吧！」太太在我耳邊低語。這句話一次又一次，在早晨、中午、夜晚，不斷地在我耳際浮

心得寫作

現。也因為這句話，5個月後，我續了合約，再次回到臺灣。這是我在這個家的第3份合約。

*****

我鬆開那美麗眼睛女孩的擁抱，為她把棉被蓋好。看著這個10歲女孩的臉，一張如此無邪的臉，一張充滿幸福的臉。說真的，我實在不想在這張臉上，塗上悲傷的色彩，就算只有一點也不想。

望住妹妹熟睡的臉，我的眼淚突然就掉下來了，而這次，我不再需要假裝微笑。

再不到2個月，我的合約即將結束，這也代表，我在這裡工作——看護妹妹——已經9年了。我很開心，我從不覺得我是在這裡工作，反而更是種分享，或說是命運的安排。上帝創造了一切，包括把我放進這個家裡。

我起身走近窗台，在一旁站著。自昨天就下個不停、讓空氣冷卻得刺骨的雨水，在起了霧的玻璃上，讓我望見珊蒂和巴渝的臉，他們要我回家，他們思念著我，思念著他們的母親！

我顫抖著。當珊蒂和巴渝的身影在窗外，不斷向我揮手的時候，我更是全身發顫。我怕他們失望，我怕他們因為我丟下他們不管而恨我，我怕有天會換成他們拋棄我，我也怕我在思念中迷失的時候，他們也將從我身邊遠走。我到底是個怎樣的母親啊？

上帝，我知道愛是需要犧牲的，但我從沒想過，犧牲會是這麼大。

上帝，我害怕製造新的傷口，珊蒂和巴渝承受了這些傷，我不想再傷害任何人了。

上帝，我相信祢會指引我最好的道路，我確信這一切都是由祢的安排。

心得寫作

　　外面仍下著雨，而這個夜越來越漫長。今晚我得做出抉擇。最近這幾個星期，先生和太太幾乎每天都會問我，是否還能留下來，繼續照顧妹妹。

　　由於我的合約快終止了，他們必須提前準備，是否要續簽我的合約，或者找新的看護。至於妹妹，她還不明白我能待在這兒，是基於一紙合約，她也還不明白，我家裡也有孩子，她只以為，現在我和她一起住在這個家裡，而未來也將如此。她並不知道，我們之間擁有愛，對彼此擁有歸屬感，但卻無法擁有永遠在一起的命運。

　　是的，今晚我必須下決定，一個艱難的決定，非常非常的困難。

　　但無論如何，我還是得做出抉擇，一個不再關乎我能換來多少金錢、而是關於愛的抉擇。

　　差不多有半個小時，我一直在禱告，請求祂的指引。妹妹的夢話呼喚著我的名字，把我喚醒、帶我回到現實世界，正等著我做出決定的世界，一個已安排好我的命運的世界：瑪麗阿妮[20]，40歲，來自外南夢 Genteng 的海外移工，因經濟重擔來到臺灣，但隨著時間的前行，愛，牽絆著她，現在的她陷入兩難：一個是對於家鄉孩子的愛，另一個則是對妹妹──那個特別的小女孩──的愛。

　　珊蒂、巴渝，請原諒媽媽，你們要知道，對媽媽來說，妹妹和你們一樣重要，她就是你們兩個的妹妹。你們能理解嗎？目前媽媽還沒辦法放下妹妹不管，媽媽仍需留在這裡照顧妹妹。媽媽答應你們，3 年後當妹妹可以照顧好自己、也明白在這個世界上沒有永恆的事物──包括她與媽媽的緣分──之後，媽媽答應你們，等妹妹能理解人生，媽媽就會回去了。你們要知道，媽媽承受不住對你們的思念，媽媽真的思念你們，我的孩子們，這一切真的不容易啊！但是，請你們給媽媽一個機會，將上帝旨意的道路走完，幫助妹妹學會面對現實

---

20 故事的主人翁原名 Maryani，簡稱 Ani。

的人生。

　　我替妹妹蓋好棉被後，旋即走出去。太太跟先生仍然坐在客廳裡。我和他們面對面坐著，這兩個已經和我一起生活 9 年的人、和我分享一切的人。我已做好決定了，不管我的決定為何，都不是因為他們兩個，而是因為「愛」。

*　本文選自東南亞移民工（2018），《渡：在現實與想望中泅泳 第五屆移民工文學獎作品集》。新北：四方文創。本文由四方文創授權使用。

# 3.2.4　閱讀導引

## 一、認識臺灣的移工

　　臺灣 1980 年代開始，有一群來自東南亞國家、帶著觀光簽證入境臺灣的人們，看見臺灣勞動力缺口，利用逾期居留的方式，彌補這一段時期的勞動力；同時，也有臺灣人看見了這群廉價勞動人口，部分的富裕家庭更開始聘用家庭幫傭，醫院也開始出現廉價的監護工。1987 年，臺灣製造業者缺工比例在五年之間增加了 40%，上百家廠商紛紛向政府施壓，企圖用產業外移的方式換來正式引進合法移工。臺灣政府最後終於在 1990 年第一次以專案的方式引進合法移工，更在 1992 年通過《就業服務法》，設立「外籍聘僱許可管理辦法」、「就業服務法施行細則」，明文規定聘用移工的產業與條件。至此，臺灣引進移工開始法制化。對於初次接觸臺灣外籍移民工的同學們可參見 One-Forty〈移工與外籍勞工的差異？從零接觸移工議題的你，一定要看！〉[21] 一文。

　　關於「移工」一詞，大多數人比較熟悉的應是「外勞」這個名稱，「國際勞工組織」（International Labour Organization）將「外籍勞工」（Foreign Workers）定義為「凡不具有該國籍，而於該國家就業之勞動者」，「外籍勞工」在臺灣經常和負面新聞掛鉤，而這樣的稱呼逐漸成為帶有貶意、歧視意識形態的指稱。臺灣於 2019 年 5 月 1 日起將「外籍勞工」在中華民國居留證上的居留事由正式改為「移工」，也逐漸在社會論述和談話中被稱為「移工」。

　　臺灣的《就業服務法》將在臺就業的外國人被劃分為「白領移工」與「藍領移工」，白領移工包括管理者階層、補習班外籍老師、演藝工作者、運動員等；「藍領移工」包括漁工、外籍看護工、廠工等，「藍領移工」因工作性質可簡單的分為「社福移工」（家庭幫傭、家庭看護、機構看護）及「產業移工」（營建業、製造業、近海遠洋漁業），他們不僅不得自由轉換雇主、具有工作年限，連聘僱流程也較為繁複。

　　目前臺灣開放「印尼」、「越南」、「菲律賓」、「泰國」及「馬來西亞」和「蒙古」這六國的移工進入臺灣工作，來自南方島嶼國家的東南亞移工總人數，從 1990 年代剛開放的三千人，截至 2023 年已經有 72.8 萬人。換算下來，大約是每 35 個在臺灣的人，就會有一個東南亞移工。其中，臺灣的外籍移工以印尼、越南、菲律賓、泰國為主，分別佔了 35.2%、34.4%、21.2%、9.1%。

　　對許多人來說，家中照顧長輩的外籍看護應是最常看到的「移工」，其他的「移工」好像不曾出現在我們的生活中，卻又好像已經和我們一起共同度過了好幾個春夏秋冬。或許曾在 10 元商店遇見過他們，也或許在傳統菜市場看過他們採買的身影，甚至假日在

---

[21]　參見 https://one-forty.org/tw/blog/migrant-statistics-in-taiwan。

充滿東南亞風情的臺中東協廣場，也可看見他們聚在一起吃著家鄉食物的情景。對更多人來說，「移工」成了一群我們熟悉又陌生的存在。

## 二、關於移民工文學獎

移民工文學，顧名思義，是以新移民（外籍配偶）與移工（外籍勞工）為主體，所生產出來的文學。目前的臺灣，來自東南亞的移工將近五十萬人，婚姻移民將近二十萬人，新移民二代也已達三十萬人。這些人的文化與生命經驗，豐富了臺灣，而她／他們的書寫，亦是臺灣文學不可分割的一部分。移民工文學獎的舉辦，即是為了鼓勵，並留下這段可貴的歷史。藉由以新移民、移工為主體所生產的文字創作，呈現異地漂流（移工）、兩個故鄉（新移民）、雙重血緣（二代）的文學風貌（引自新住民全球新聞網[22]）。

此獎項的設置幕後的推手張正[23]，延續《四方報》的精神，讓弱勢發聲。《四方報》是當時臺灣最大的東南亞文字紙本刊物，是為印尼人、泰國人、菲律賓人、柬埔寨人這些人辦的，希望可以讓他們在臺灣社會過得更好一點。創辦人成露茜用了一個巴西解放教育學家的說法：「你要真的翻轉他們的處境，要讓他們有機會可以講話，有能力可以講話，讓他們在臺灣這個社會可以真的發生發出聲音，可以真的得到資訊。」張正說辦理移民工文學獎，等於挖了一個水池，導引東南亞移民移工主動將生命史化為文字流進來。他有感於移民工的作品刊登在每月出刊的《四方報》，保存不易，而文學獎，似乎可以讓這些作品的生命延續得更久一點，為這個時代留下幾頁被忽略的歷史。於是以早年臺北市勞工局鄭村棋時代的「外勞詩文比賽」為藍圖，快手快腳寫好移民工文學獎的企劃，並爭取到文化部的第一筆補助，一切就此啟動，臺灣移民工文學獎就此誕生。[24]張正說以移民工文學獎以文學作為通道、以獎金作為誘惑，將移民移工拱上舞臺，受到多一點重視；另一方面，則是請移民移工以文學的形式，說出他們對於臺灣的評語。透過這些得獎的文學作品，讓青年學子也有機會一窺臺灣移民工的內心世界。

## 三、什麼是 SDGs 文化平權

---

[22] 新住民全球新聞網：https://news.immigration.gov.tw/?lang=TW。

[23] 張正，曾任中央廣播電臺總臺長、移民工文學獎召集人、一起夢想公益協會秘書長、「外婆橋計畫」發起人、電視節目「唱四方」製作人、中廣越來越幸福主持人、《四方報》總編輯、《台灣立報》副總編輯、行政院新住民事務協調會報委員。現為燦爛時光東南亞主題書店負責人、「帶一本自己看不懂的書回臺灣」發起人、文化部東南亞事務諮詢委員。著有《外婆家有事：臺灣人必修的東南亞學分》。

[24] 張正在《獨立評論》〈一個文學獎的生與死：告別移民工文學獎〉文中提及，詳細內容請參見：https://opinion.cw.com.tw/blog/profile/91/article/10068。

　　SDGs 永續發展目標是什麼？由於氣候變遷、經濟成長、社會平權、貧富差距等難題如重兵壓境，2015 年，聯合國宣布了「2030 永續發展目標」（Sustainable Development Goals, SDGs），包含消除貧窮、減緩氣候變遷、促進性別平權等 17 項 SDGs 目標，指引全球共同努力、邁向永續。當時，有 193 個國家同意在 2030 年前，努力達成 SDGs 17 項目標。SDGs 有 17 項目標，其中又涵蓋了 169 項細項目標，其中 SDGs10「減少國內及國家間的不平等」（Reduced Inequalities），分項目標有 7 項 [25]，透過臺灣移民工文學獎的開辦，間接實現 10.2 增強並促進所有人的社會、經濟和政治包容性，無論其年齡、性別、身心障礙、種族、族群、族裔、宗教、經濟或其他任何區別；10.3 確保機會平等、減少不平等現象，包括消除歧視的法律、政策及實務作法，並推動適當的立法、政策與行動；10.4 採用適當政策，尤其是財政、薪資與社會保護政策，逐步實現進一步的平等，進而達到臺灣社會「文化平權」的目標。

---

[25] SDGs10「減少國內及國家間的不平等」（Reduced Inequalities），分項目標有 7 項：

10.1- 2030 年前，以高於全國平均水準之速率，逐步實現並維持最底層 40% 人口的所得成長。

10.2- 2030 年前，增強並促進所有人的社會、經濟和政治包容性，無論其年齡、性別、身心障礙、種族、族群、族裔、宗教、經濟或其他任何區別。

10.3- 確保機會平等、減少不平等現象，包括消除歧視的法律、政策及實務作法，並推動適當的立法、政策與行動。

10.4- 採用適當政策，尤其是財政、薪資與社會保護政策，逐步實現進一步的平等。

10.5- 改善對全球金融市場和金融機構的監管和監測，並加強相關條例執行。

10.6- 確保開發中國家在全球經濟、金融機構的決策過程中，更具代表性和發言權，以建立有效、可信、負責任和合法的機構。

10.7- 促進有秩序、安全、規律、及負責的移民，包括執行妥善規劃及管理良好的移民政策。

# 3.2.5　延伸閱讀

一、 2016 年第三屆移民工文學獎首獎〈海洋之歌〉：描述漁工與雇主、已故父親的互動與情感拉扯的故事。

二、 2014 年第一屆移民工文學獎評審獎〈龍眼成熟時〉：真實刻畫一位越南媳婦在臺灣幸運地獲得夫家愛護與照顧的生活情境，並且充分體現熱切思鄉的心境。

三、 2020 年第七屆移民工文學獎優選《編織宿命 MerajutTakdir》：描述職訓中心裡的生活：被教著不能禱告、不能與家人聯繫、要聽話。描述一個在職訓中心的移工伊卡逃跑的故事。

四、 關注東南亞移工教育的非營利組織：One-Forty 專注於培力東南亞移工，讓移工在臺灣的跨國旅程持續學習實用的知識技能，除了適應異鄉生活，回國後更有能力經濟獨立、打破貧窮的惡性循環，為自己、家人、家鄉，乃至下一代創造更好的生活。One-Forty 官方網站：https://one-forty.org/。

五、〈看見東南亞移工｜專訪燦爛時光東南亞主題書店張正負責人〉人權群像第三季第六集，張妙淨採訪報導，2022 年 8 月 16 日，https://www.taiwanhrj.org/interview/432。

# 3.2.6　議題討論

一、 臺灣的外籍移工假日聚集在車站、廣場，席地而坐，似乎對市容有所影響，如果能為他們建造一座生活館或是規劃一個園區，你覺得應該要有哪些設施與服務？為什麼？

二、 你有認識的外籍移工嗎？他們來臺灣的原因和從事的工作是什麼？如果可以，能否從訪問中，介紹他們來臺灣工作後的臺灣印象。

三、 外籍移工來臺灣工作賺錢，或嫁到臺灣生子，因為彼此不了解，許多負面的報導更加深了彼此間的誤會與隔閡，你能舉出之前媒體報導有關於外籍移民工的負面新聞，以換位思考的方式，做一番自我陳訴嗎？

四、 外籍移民工將家鄉的食物與飲食文化帶進臺灣，你能舉出 1-2 種具有異國風情的美食嗎？或是介紹 1-2 種東南亞的飲食文化。

## 3.2.7 習作

## 一、移民工採訪寫作

　　請同學們利用假日到外籍移工的活動區（例：臺中市的東協廣場），進行臺灣外籍移工的採訪；也可以在社區訪問外籍看護或外傭（例：社區公園、或社區關懷據點，或鄰居家，或同學自己的家）；如果同學是新住民之子也可以採訪同學的家人（父親或母親）。

| 班級 | | 姓名 | | 學號 | | 評分 | |
|---|---|---|---|---|---|---|---|
| 訪談主題 | | | | 訪談時間 | | | |
| 與受訪者的關係 | | | | 訪談地點 | | | |
| 受訪者基本資料 | | | | | | | |
| 姓　　名 | | | | 年　　齡 | | | |
| 學　　歷 | | | | 國　　籍 | | | |
| 其他相關資料 | 1. 來臺灣多久的時間？ | | | | | | |
| | 2. 來臺灣的原因？□工作　□就學　□婚姻 | | | | | | |
| | 3. 住過臺灣的哪些縣市鄉里村？ | | | | | | |
| | 4. 目前的工作和地點：<br><br>_____<br><br>_____ | | | | | | |
| 訪談大綱 | | | | | | | |
| 1. | | | | | | | |
| 2. | | | | | | | |
| 3. | | | | | | | |

採訪報導或人物專訪內容（300字以上）

|  |  |
| --- | --- |
| 照片一 | 照片二 |
| 照片文字說明： | 照片文字說明： |

## 二、延伸寫作練習——人物訪談

## 人物訪談同意書

　　您好！我們僑光科技大學 ＿＿＿＿＿ 系大一的學生，目前正修習「大一國文」課程，由 ＿＿＿＿＿ 老師指導。課程要求每位學生須進行人物專訪，訪談內容將做為以下用途：

一、於課程中，以簡報與口頭發表的形式進行課堂分享。

二、若您同意的話，訪談內容亦會置於教師數位教學平台供同學觀摩。

　　在訪談過程中，為了避免資料遺漏或錯誤解讀，將視需要進行錄音、拍照或筆記，但一切訪談紀錄均僅供課程報告之用；所完成之報告亦僅作為教學平台上教育分享之用。誠摯地邀請您參與本次訪談，若您對訪談過程、資料運用及其他事項有疑問，均可要求我們或指導教師提供詳盡說明。謝謝您！

指導教師：＿＿＿＿＿ 老師　　　現職：＿＿＿＿＿ 系專任（兼任）

學生姓名：＿＿＿＿＿　　　　　　學號：＿＿＿＿＿

聯絡電話：＿＿＿＿＿

我同意接受訪談，並同意訪談內容分享形式如下：（請勾選）

☐ 學生在課程中以簡報與口頭發表的形式分享。

☐ 學生在課程中以簡報與口頭發表的形式分享，簡報內容置於教師數位教學平台供同學觀摩。

　　　　　　　　　　　　　　簽　　名：＿＿＿＿＿

　　　　　　　　　　　　　　聯絡電話：＿＿＿＿＿

　　　　　　　　　　　　　　　年　　　月　　　日

本同意書一式兩份，一份由受訪者留存，另一份由訪問學生存檔並影印交回。

# 單元 4

## 敘事力

**4.1**
情傷／劉素玲 編撰
詩經・衛風・氓

**4.2**
錯付／簡秀娟 編撰
任氏傳／沈既濟

# 4.0 導讀

簡秀娟　導讀

> 全世界最有影響力的人，不是政治人物，是最會說故事的人。
>
> —— 賈伯斯（Steven Paul Jobs, 1955-2011）

「敘事」是什麼？簡單地說：「敘事就是說故事。」那麼「故事」又是什麼呢？所謂故事，其實就是由一系列被講述出來的事件組合。換句話說，故事是通過一連串事件變遷，使得主人公內心產生變化，促使他採取因應的行動，這些行動或許成功或許失敗，無論成敗如何，最後主人公都會因為這些行動，而導向一個不平凡的結局。

明白故事為何之後，我們還需要解決一個問題：「人類為何需要故事？」其實喜歡故事幾乎可說是人類本能，這是因為人類大腦中有個獎勵中心，它會被好故事所激活，從而分泌令人快樂的化學物質，讓人發自內心地感覺良好。

科學家曾經作過一個有趣的實驗，讓受試者邊看電影，邊為他們的腦部進行核磁共振。實驗發現當電影中主人公遇見了某種狀況，如果受試者在先前的生活中也曾遇過相同境遇，那麼他大腦裡同一部位就會被激活。後來又有人做了其他相關實驗，發現不只是看電影，就連閱讀文字寫出的故事，也具有同樣效果，因為喚起大腦反應，主要是來自故事內容。

故事的影響力，絕非只是為我們帶來良好感覺而已。事實上，故事還能發揮實質功用。例如，故事可幫助我們理解身處的世界，進而幫助我們創造更有利於生存的條件。

這是因為我們所處的世界，許多正在發生的事情，經常是以零碎、模糊和不確定的資訊碎片形態出現，等待著被我們認知和處理。若想要正確地察覺它們，並作出有效回應，勢必就得將這些資訊碎片，依靠邏輯推理和因果關係拼湊成較完整、可被大腦理解的事件。即使對於那些暫時無法掌握的事實，大腦也能夠運用想像力及創造力，去補白和創造其因果關係，以解除我們的迷惘不安，滿足爆棚的好奇心，甚至能幫助我們從中找到更好的生活策略。

上述這些整合資訊碎片的能力，其實就是創造和解讀故事的能力。換言之，在不知不覺中，故事力已在我們日常生活中，得到持續訓練和提升的機會。

此外，由於人類自古以來即採取群居的生活形態，因此每個個體必須具備感受人類共同情感的能力。這個能力使得我們在聽到一個好故事時，總能設身處地站在故事中主人公立場上，對他遭遇境況感同身受。透過故事所傳遞的情感、概念或信念，往往比直接說理，更容易打動人心。難怪已故的蘋果公司前執行長——賈伯斯會如是說：「全世界最有影響力的人，是最會說故事的人。」很明顯的，他應當已認識到故事的強大力量。

在這個單元中，準備兩個跨越遙遠時空來到現代的古老故事，讓大家體驗好故事歷久彌新的能量，以及故事發人深省的意義。其一是來自兩千多年前的敘事詩——〈氓〉，女主人公用獨白形式，娓娓道來她所經歷的悲喜交織的婚戀故事。

女主在沃若春桑的美好年華，曾與一名男子相識、相戀，進而走入婚姻。婚後，女主為了所愛之人，無怨無悔不辭辛勞地操持家務。在這過程中，女主對丈夫的愛始終如一，但丈夫卻漸漸三心兩意。等丈夫事業有成、發家致富後，竟然嫌棄起妻子人老珠黃，不只對她恚怒漫　，還對她施暴，最後更不念舊情地嫌棄她，把她趕回娘家去。

在回娘家的路上，經過當年定情的淇水岸邊，女主不禁回憶如潮，想起從前種種，熱戀中的兩人，總是笑語晏晏，當時是何等堅定地相信，未來兩人一定能夠白首偕老。而這樣單純的願望，在丈夫變心後破滅了。在悲傷感慨之餘，女主最後提醒自己，不要再徒勞無功地回憶從前了，一切都結束了，什麼都別說了。

雖然詩的敘述到此打住，並沒有告訴我們女主未來人生會怎麼樣，但在兩千多年後讀著這首詩的我們，總願意相信，這個能夠果斷和過去告別，為自己人生畫下一道停損線來「療傷止血」的女主，就算婚姻失敗，就算未來只能一個人過日子，肯定也能夠打起精神，勇敢地朝著下一段人生，昂首挺胸繼續前進。

第二個故事是距離現代一千多年前的唐傳奇，〈任氏傳〉故事講述一位自稱任氏的狐妖，幻化成美艷絕倫的年輕女性，某日和同伴在長安街上遊玩時，邂逅前來搭訕的鄭六。在兩情相悅下，發生了一夜限定的露水姻緣。分別後，鄭六從任氏街坊鄰居處，得知任氏乃狐妖也，但因愛慕任氏美色，而對其狐妖身分並不以為意，仍希望找到她繼續前緣。

自此鄭六成天在大街上遊蕩，某日終於在人群中發現任氏踪跡，任氏因知道自己身分暴露而自慚形穢，躲進人群中想擺脫鄭六，但還是被鄭六追上並告白一番。任氏感動於鄭六明知她是狐妖，卻不像普通人那樣表現出害怕或嫌棄，因此決心以妾的身分，伺候鄭六生活起居。

確認關係後，任氏對鄭六堅貞不移，就算面對有權有勢的韋崟，不論其輕佻勾引或暴力威脅，始終不為所動。就算面對脅迫，也能義正辭嚴地指責韋崟之過。任氏勇敢堅貞，最終贏得韋崟的尊重，不再為難任氏。

　　任氏知道韋崟一直沒有放下對她愛戀之心，為了報答韋崟對她關懷照顧之情意，也為了轉移其注意力，便使用妖術和計謀，幫韋崟追求想追卻追不到的女子。此外，為了貧賤無以維生的鄭六，任氏利用自己獨特預知力，教鄭六籌錢以低價買入一匹沒有行情的病腿馬，並在大家驚訝中，以高價出售給對病腿馬求售孔急的官府養馬人，從中賺取一大筆錢財。凡此種種，都顯現任氏為具備特殊能力之狐妖。然而任氏在自己被巫者告知「是歲不利西行」狀況下，卻拗不過鄭六苦苦相求隨行和韋崟一旁慫恿，終因不忍拒絕鄭六，而硬著頭皮答應陪同西行。而在出發二日後，便在馬嵬坡突遇獵犬，由於狐之本性，任氏在驚慌之餘無預警地跌下馬背，並現出狐狸原形狂奔逃命。最終不敵獵犬，被咬殺而死於道上。

　　從〈任氏傳〉作者沈既濟自述故事被寫下之因由：「眾君子聞任氏之事，共深嘆駭，因請既濟傳之，以誌異云。」和為任氏所發之感慨：「嗟乎，異物之情也有人焉！遇暴不失節，狥人以至死，雖今婦人，有不如者矣。」可知主角任氏的非人類的狐妖設定，自帶神秘與奇幻色彩，而她又具備一般人類婦女比不上的美貌、品德和智慧，因此才會讓聽到她故事的這些士大夫們有著深切驚歎和感動。而他們似乎也希望藉此故事，教化世間女子都效法狐妖美德：「遇暴不失節，狥人以至死」，因此敦請沈既濟一定要寫下故事，以流傳於世。

　　時至今日，性別關係已愈來愈趨平等，男尊女卑已成落伍、不合時宜的觀念，因此在愛情或婚姻關係中，沒有任何一方有權力要求對方為自己犧牲；當然也沒有任何一方有義務，必須為對方犧牲自己的生命。社法治會下，人們對道德的認知，普遍形成一個共識：道德是用來自我要求，而非讓人站在道德制高點，強迫別人做自己都不一定做得到的標準。因此當我們閱讀這篇千年之前的故事時，更關心的可能是：任氏若真有預知力，當她答應陪鄭六西行的當下，應該已然明白前方等待她的命運是什麼了。那麼，她當下心情是「命中註定，在劫難逃的絕望？」還是「為愛情連生命都可以豁出去的決絕？」不管何者，我們都無從得知，但忍不住還想問一聲：「任氏真的非死不可嗎？難道沒有更好的選擇了嗎？」

# 4.1 情傷

劉素玲　編撰

## 4.1.1　解題

《詩經》是中華民族最早的詩歌總集，其中〈氓〉詩講述「棄婦自傷」的故事，成為女性敘事詩的濫觴，對後世文學影響深遠。

教學目標在能引生學習興趣，開拓視野，發揮聯想力，並加強學生對性別平權及婚姻家庭的重視。

期使學生從文句意義的理解到文本的形式作法（賦比興），文學底蘊中建立先備知識，再掌握人物的情緒情感，分析其個性及形象特質。進而觀察女主角的背景傳統與其對真愛的嚮往追尋，思辨外緣因素，討論古今時空落差。從而確立正向的戀愛觀並陶冶道德情操。

## 4.1.2　《詩經》簡介

《詩經》背景知識：

一、年代：從西周至春秋期間，在孔子之前已集結成書。

二、作者：多民謠歌詞，僅「周頌」數篇相傳為尹吉甫所作。

三、體裁分類：風（各地民謠）雅（華夏正音）頌（祭祀舞容）。

四、創作手法：賦（鋪陳直述）比（擬物寓意）興（引發聯想）。

五、社會功能：《論語》記載孔子詳述讀《詩經》的好處：可以「興」──聯結想像，可以「觀」──考察外物，可以「群」──人際溝通，可以「怨」──紓解情緒。並且「邇之事父，遠之事君」，懂得倫理應對；還能「多識草木鳥獸之名」，精進博物之學。

　　可見讀《詩經》能薰陶涵養，變化氣質。子曰：「不學詩，無以言」，不僅是懂得修辭，並且言為心聲，誠於中而形於外。情緒管控能「樂而不淫，哀而不傷」，培養「溫柔敦厚」的態度宗旨，成為《詩經》的核心價值，歷久而彌新。

　　《詩經‧衛風‧氓》為春秋時代的愛情倫理悲劇，描摹生動，充滿畫面感。全詩分六段，每段十句。依據版本為（宋）朱熹（1974），《詩集傳》。臺北：藝文印書館。

# 4.1.3 課文

## 詩經·衛風·氓

氓[1]之蚩蚩[2]，抱布貿絲。匪來貿絲[3]，來即我謀[4]。送子涉淇，至於頓丘。匪我愆期，子無良媒[5]。將子無怒[6]，秋以為期。

乘彼垝垣[7]，以望復關。不見復關，泣涕漣漣。既見復關，載笑載言[8]。爾卜爾筮，體無咎言[9]。以爾車來，以我賄遷[10]。

桑之未落，其葉沃若[11]。于嗟[12]鳩兮！無食桑葚。于嗟女兮！無與士耽[13]。士之耽兮，猶可說也。女之耽兮，不可說也[14]。

---

1 氓：流民，亦音ㄇㄥˊ。身分似行商，駐點業務代表。

2 氓之「蚩蚩」：嘻皮笑臉的樣子，音ㄔ。

3 「匪」來「貿」絲：非；交易。

4 來「即」我「謀」：親近；商議。

5 匪我「愆」期，「子」無良媒：音ㄑㄧㄢ，拖延；第二人稱你。

6 「將」子「無」怒：音ㄑㄧㄤ，發語詞，可視為「請」；毋，不要。

7 「乘」彼「垝垣」：登；垝：音ㄍㄨㄟˇ，坍塌的；垣：音ㄩㄢˊ，城牆。

8 載笑載言：邊笑邊說，用法如「載歌載舞」；載，同「則」。

9 「體」無「咎」言：占卜的卦象；罪過不吉。

10 以我「賄」遷：財物，指私房嫁妝。

11 其葉「沃若」：鮮嫩多汁。

12 于嗟：于即吁，音ㄒㄩ，感嘆聲。

13 無與士耽：無，同「毋」；「耽」，沉溺。指別跟男人鬼混。

14 不可「說」也：說詞，指人言可畏；亦作「脫」，脫身。

閱讀摘要

桑之落矣，其黃而隕。自我徂爾[15]，三歲食貧。淇水湯湯[16]，漸車帷裳[17]。女也不爽[18]，士貳其行。士也罔極，二三其德[19]。

三歲為婦，靡室勞矣[20]。夙興夜寐，靡有朝矣[21]。言既遂矣，至於暴矣[22]。兄弟不知，咥其笑矣[23]。靜言思之，躬自悼矣[24]。

及爾偕老，老使我怨。淇則有岸，隰則有泮[25]。總角[26]之宴，言笑晏晏[27]，信誓旦旦[28]。不思其反，反是不思[29]，亦已焉哉[30]！

---

[15] 自我「徂」爾：音ちㄨˊ，往赴，指嫁到你家。

[16] 淇水「湯湯」：音ㄕㄤ，水勢盛大貌。

[17] 「漸」車帷裳：音ㄐㄧㄢ，濺灑。把車前的帷幕都濺濕了。

[18] 女也不「爽」：失，「不爽」表示「沒過失」。

[19] 士也「罔極」，二三其德：無邊際無盡頭，表示太過分了。二三其德：指用情不專。

[20] 靡室勞矣：沒有一間房不是辛苦打掃的。靡：無。

[21] 夙興夜寐，靡有朝矣：早早起床晚晚睡，沒有一天不辛勞。

[22] 言既遂矣，至於暴矣：惡言嘲諷完了，甚至還暴力相向。

[23] 兄弟不知，咥其笑矣：因事不關己而嘿嘿譏笑，表示看好戲的態度。咥，音ㄒㄧ。

[24] 靜「言」思之，躬自悼矣：而。躬自悼矣：暗自哀傷。

[25] 淇則有岸，「隰則有泮」：隰，音ㄒㄧˊ，濕谷有邊際。對照己身痛苦卻無盡頭。

[26] 總角：孩童梳髮向上挽成雙髻，代表年少時光。

[27] 言笑「晏晏」：歡喜談笑安然自在，代表兩小無猜。

[28] 信誓「旦旦」：真誠懇切貌。

[29] 不思其反，反是不思：「反」字用頂真法表語氣迫促。別再想過去，已無法回頭。

[30] 亦已焉哉：「已」，止，也要結束了，還有什麼可說呢？

心得寫作

## 4.1.4　閱讀導引

〈衛風‧氓〉篇是《詩經》兼具文學與歷史敘事的代表作品。既對己身經歷的事件始末有詳盡的描述，也細膩刻劃了人物情感，塑造出鮮明的性格。

在故事講述部分，集中敘事結構完整，真實情節更凸顯了戲劇張力。儘管封建早期似可自由擇偶追隨所愛，然而一旦被休棄則須獨擔輿論指摘及親人責難，反映出傳統社會結構性的性別價值觀。

在情感表達方面，透過女主角以第一人稱對其遭遇盡情宣洩，且在後段三章夾敘夾議，控訴受虐之難堪。不僅委屈求全也襯出男方急躁易怒甚至暴力相向，生動形塑了人物性格。

通篇以人物活動為敘事中心，結構線索呈雙軌進行。從回憶追述己身遭遇為倒敘法；從故事發展：相戀私奔到婚後以至離異結局，則屬順敘法。

在寫作技巧方面，前兩章鋪陳雙方的笑謔熱戀，與其後受冷落厭棄的情節形成反差。描摹內心的糾結，悔恨激憤與身世悲涼的嗟嘆。靈活穿插比興手法，擬物喻人（如桑葉、淇水）既引發聯想又寄託意象。不但豐富了敘事內涵，更勾勒出人物形象，畫面感十足。堪稱後世敘事文學之濫觴。

在情感態度與價值觀方面，這首流傳在北方衛國的民謠〈氓〉表達女性對愛情婚姻的勇於追求，嚮往安定幸福的生活。可惜愛上的對象是流氓（流動之民——遷徙不定的生意人或商行買辦）。透過她的長篇自敘，完整表達了閃婚從婚前婚後到婚變的心路歷程，充滿故事性。儘管她表現自尊清醒甚至剛烈的性格，最終仍因難逃命運的播弄而唧嘆不已，令人低迴省思，留下諸多情感態度及價值觀的困惑，成為現代婚姻的借鑒。

〈氓〉詩所道出的棄婦心聲，對先秦女性的自我認知，具有指標性意義。其中呈現的性別對待觀念迷思，多為社會討論之議題。據以設計成學習單，供學生思辨釐清，兼能練習表達力。

## 4.1.5　延伸閱讀

一、《詩經‧邶風‧終風》——情緒起伏的戀人。

二、漢樂府〈艷歌羅敷行〉——面對挑逗的抉擇。

三、漢樂府〈孔雀東南飛〉——以身相殉的悲情。

## 4.1.6　議題討論

一、俗謂「男人不壞，女人不愛」是基於何種心理？到底致命的吸引力何在？

二、如何讓陷於熱戀者覺悟到自己愛上不該愛的人並調整行為？

三、詩中的比興「桑葉沃若」與「既落黃隕」現象，未婚女性的擇偶行情，果真受年齡姿色所影響嗎？

四、「兄弟不知，咥其笑矣。」出嫁女兒適合向娘家訴苦嗎？

五、古云：「不癡不聾，不作家翁。」娘家的態度能否改善夫妻關係呢？

## 4.1.7　教學活動

　　〈氓〉為一首敘事詩。可設計課堂活動，分組繪製故事山（開始→發展→高潮→解決→結束）。藉此模式掌握內容結構，學生對於情節發展組織整理，從中釐清思路。老師則對於找出的核心問題進行引導發揮，與學生討論解決之道。

**故事山結構**

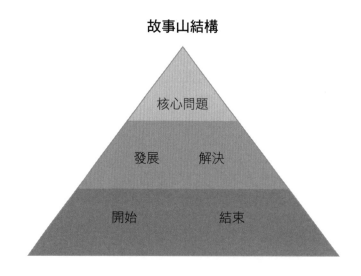

## 4.1.8 習作

| 班級 | | 姓名 | | 學號 | | 評分 | |
|---|---|---|---|---|---|---|---|

題目一：《詩經》中頗多形成後世成語典故的由來。從〈氓〉詩舉兩個例證。

題目二：「士之耽兮，猶可說也。女之耽兮，不可說也。」性別對「處女情結」至今
仍有雙重標準嗎？試抒己見。

# 4.2 錯付

簡秀娟　編撰

## 4.2.1　解題

　　本文選自《太平廣記》卷 452〈狐六〉。故事的開始像極了庸俗套路的愛情故事：狐妖任氏化身為容色姝麗的美女和同伴走在長安街上，與素昧平生的牽著驢閒逛的已婚男人鄭六偶然邂逅。男子因看美女們徒步出街，判斷可能非良家婦女，便大膽地向前搭訕。沒料到任氏並不以為忤，還大方地回應。因此鄭六便以出借座騎為由，大膽要求同行，在女伴的推波助瀾下，任氏也答應了。兩人回到任氏的家後，快速地進發展露水姻緣。這時任氏的形象與其他志怪小說中色誘人間男子的狐妖並無不同。

　　然而隨著故事發展，任氏的角色因事件的推演而逐漸蛻變。當她遇到比鄭六更有財力更有權勢的韋崟，想用脅迫的手段侵犯她時，她能不畏強暴地奮力反抗到底。在危急之際，勇敢地責罵韋崟仗勢欺人，奪人所愛。一番義正辭嚴的表白，講得韋崟自知理虧，不禁對她刮目相看，從而收起輕慢之心，敬重其貞烈品格，最後與她以不違反人倫規範的朋友關係交往。任氏對身處貧困的鄭六，不但堅貞不移地愛他，還能維護他的尊嚴；而面對有權有勢的韋崟，能以智慧和勇氣化解危機，因此贏得本文作者「遇暴不失節」的讚譽。

　　任氏不只有品德，還有特殊能力，能用她身為狐妖的預知力，幫鄭六謀畫賺錢之道，使他擺脫經濟弱勢。即便這麼有能力，任氏卻仍溫婉柔順地對待鄭六，明知順從鄭六陪他西行赴任，會使自己遭遇劫數，而有性命之憂，但為了不讓鄭六失望，仍勉為其難順從，最後連寶貴的生命也失去了。作者哀歎她的「狥人以至死」，並認為這樣的犧牲精神是很多人類婦女都比不上的。

　　然而，從故事所呈現的情節裡，我們不難發現雖然任氏對男主鄭六一往情深，但鄭六卻未能回報任氏以對等的愛情，亦談不上愛護與尊重。在鄭六欲邀請任氏陪同前往金城赴任時，任氏似乎已預知此行對自己風險極大，因此先是以時間短暫，未能盡歡的理由委婉推辭。然而鄭六卻不尊重任氏的意願，仍一味地懇請同行。當他發現說服不動時，不是放棄，而是找共同朋友韋崟來一起勸。不明究理的韋崟也同樣不在乎任氏的真

實想法，就幫著力勸，對此任氏只好改口說：「有巫者言某是歲不利西行，故不欲耳。」想要依託玄奇之說，為自己爭取被認同的空間，然而還被韋崟反而從回答中，找到可以突破的點，因此以激將法勸進：「明智若此，而為妖惑，何哉！」任氏在退無可退下，只好勉強答應與鄭六同行，最終果然在道途中遭遇犬禍而身亡。任氏的死因表面上是遭遇意外之禍所導致，實際上卻又並非絕對不能預防，假若鄭六對任氏多一分愛護之心，且願意尊重支持任氏的想法，讓她如願留在家中等鄭六歸來，不勉強她去承受旅途中不確定的風險，就不會發生這起悲劇。令人不勝唏噓，任氏對鄭六傾盡真心、無怨無悔的愛情，終究還是錯付了。

## 4.2.2　作者

沈既濟，祖籍吳興（今屬浙江管轄），生卒年不詳，一般推估約生活於西元 750-800 年之間，為中唐的文學家、小說家。

唐德宗建中元年（780 年）宰相楊炎賞賜其史才，薦為左拾遺、史館修撰。後楊炎得罪權貴被賜死，沈既濟受到連坐，貶處州（今浙江麗水）司戶參軍。復入朝，官位止於禮部員外郎。

「博通群籍，尤工史筆」的沈既濟曾撰史書：《建中實錄》十卷，《選舉志》十卷，可惜皆已亡佚不傳。其小說創作《枕中記》和《任氏傳》，皆為傳奇名著。《全唐文》錄其文六篇，並行於世，文中主張選拔有用人才、反對官吏冗濫，頗有見地。

## 4.2.3　課文

# 任氏傳

### 沈既濟

　　任氏，女妖也。有韋使君者，名崟，第九，信安王禕之外孫。少落拓[1]，好飲酒。其從父[2]妹婿曰鄭六，不記其名。早習武藝，亦好酒色，貧無家，託身於妻族[3]；與崟相得[4]，遊處不間[5]。天寶九年[6]夏六月，崟與鄭子偕行於長安陌中[7]，將會飲於新昌里。至宣平之南，鄭子辭有故，請間去[8]，繼至飲所。

　　崟乘白馬而東。鄭子乘驢而南，入昇平之北門。偶值三婦人行於道中，中有白衣者，容色姝麗。鄭子見之驚悅，策其驢，忽先之，忽後之，將挑而未敢。白衣時時盼睞[9]，意有所受。鄭子戲之曰：「美艷若此，而徒行，何也？」白衣笑曰：「有乘不解相假[10]，不徒行何為？」鄭子曰：「劣乘不足以代佳人之步，今輒以相奉[11]。某[12]得步徒，

---

1　落拓：行跡放任，不受拘束。

2　從父：稱謂，為伯父、叔父的通稱。從，讀作ㄗㄨㄥˋ。

3　妻族：妻子的娘家親族。包括岳父族、岳母族兩大家族。

4　相得：互相投合，比喻相處得很好。

5　遊處不間：時常在一起遊玩相處。

6　天寶九年：西元 750 年。

7　陌中：街道上。

8　請間去：請求私下離去。

9　盼睞：讀作ㄆㄢˋㄌㄞˋ，眼睛斜瞟著。

10　不解相假：不懂相借。

11　相奉：奉送。

12　某：自稱，即「我」。

足矣。」相視大笑。同行者更相眩誘[13]，稍已狎暱[14]。鄭子隨之東，至樂遊園，已昏黑矣。見一宅，土垣車門[15]，室宇甚嚴[16]。白衣將入，顧曰：「願少踟躕[17]。」而入。女奴從者一人，留於門屏間，問其姓第[18]，鄭子既告，亦問之。對曰：「姓任氏，第二十。」

少頃，延入。鄭縶驢於門[19]，置帽於鞍。始見婦人年三十餘，與之承迎，即任氏姊也。列燭置膳，舉酒數觴。任氏更妝而出，酣飲極歡。夜久而寢，其妍姿美質，歌笑態度，舉措皆艷，殆非人世所有。將曉，任氏曰：「可去矣。某兄弟名系教坊[20]，職屬南衙，晨興將出，不可淹留[21]。」乃約後期而去。

既行，及里門，門扃未發[22]。門旁有胡人鬻餅之舍，方張燈熾爐。鄭子憩其簾下，坐以候鼓，因與主人言。鄭子指宿所以問之曰：「自此東轉，有門者，誰氏之宅？」主人曰：「此隤墉[23]棄地，無第宅也。」鄭子曰：「適過之[24]，曷以云無？」與之固爭。主人適悟[25]，乃曰：「吁！我知之矣。此中有一狐，多誘男子偶宿，嘗三見矣，今子亦遇

---

13 眩誘：迷惑勸誘。

14 狎暱：親密。

15 車門：可供車子出入的大門。

16 嚴：整齊。

17 願少踟躕：請稍作停留。

18 姓第：姓氏與排行。

19 縶驢於門：把驢拴在門外。縶，音ㄓˊ，拴綁。

20 某兄弟名系教坊：我們姊妹的名籍隸屬於教坊。

21 淹留：久留。

22 門扃未發：里門還沒打開。扃，音ㄐㄩㄥ，門戶的通稱。

23 隤墉：崩塌的城牆。隤，音ㄊㄨㄟˊ，崩塌、敗壞。

24 適過之：我才剛到過那裡。

25 適悟：忽然醒悟。

乎？」鄭子赧而隱曰：「無。」質明[26]，復視其所，見土垣車門如故。窺其中，皆蓁荒[27]及廢圃[28]耳。

　　既歸，見鋈。鋈責以失期。鄭子不泄，以他事對。然想其艷冶，願復一見之心，嘗存之不忘。經十許日，鄭子遊，入西市衣肆，瞥然見之，曩女奴從。鄭子遽呼之。任氏側身周旋於稠人[29]中以避焉。鄭子連呼前迫[30]，方背立，以扇障其後，曰：「公知之，何相近焉？」鄭子曰：「雖知之，何患？」對曰：「事可愧恥，難施面目。」鄭子曰：「勤想如是，忍相棄乎？」對曰：「安敢棄也，懼公之見惡耳。」鄭子發誓，詞旨益切。任氏乃回眸去扇，光彩艷麗如初。謂鄭子曰：「人間如某之比者非一，公自不識耳，無獨怪也。」

　　鄭子請之與敘歡。對曰：「凡某之流，為人惡忌者，非他，為其傷人耳。某則不然。若公未見惡，願終己以奉巾櫛[31]。」鄭子許與謀棲止[32]下。任氏曰：「從此而東，大樹出於棟間者，門巷幽靜，可稅[33]以居。前時自宣平之南，乘白馬而東者，非君妻之昆弟乎？其家多什器[34]，可以假用。」

　　是時鋈伯叔從役[35]於四方，三院什器，皆貯藏之。鄭子如言訪其舍，而詣鋈假什器。問其所用。鄭子曰：「新獲一麗人，已稅得其

---

26　質明：天大亮。

27　蓁荒：野草叢生的荒地。

28　廢圃：廢棄的園圃。

29　稠人：眾人。

30　連呼前迫：連聲叫喚，往前靠近。

31　奉巾櫛：侍奉洗臉梳頭，即願意為人妻妾之委婉說法。

32　棲止：住所。

33　稅：租。

34　什器：各種常用的器具。

35　從役：赴任官事。

舍，假具以備用。」鋅笑曰：「觀子之貌，必獲詭陋。何麗之絕也。」

　　鋅乃悉假帷帳榻席之具，使家僮之惠黠者，隨以覘之。俄而奔走返命，氣吁汗洽。鋅迎問之：「有乎？」又問：「容若何？」曰：「奇怪也！天下未嘗見之。」鋅姻族廣茂，且夙從逸游，多識美麗。乃問曰：「孰若某美？」僮曰：「非其倫也！」鋅遍比其佳者四五人，皆曰：「非其倫。」是時吳王之女有第六者，則圭之內妹，穠艷如神仙，中表素推第一。鋅問曰：「孰與吳王家第六女美？」又曰：「非其倫也。」鋅撫手大駭曰：「天下豈有斯人乎？」

　　遽命汲水澡頸，巾首膏唇而往。既至，鄭子適出。鋅入門，見小僮擁篲方掃，有一女奴在其門，他無所見。徵於小僮。小僮笑曰：「無之。」鋅周視室內，見紅裳出於戶下。迫而察焉，見任氏戢身[36]匿於扇間。鋅別出就明而觀之，殆過於所傳矣。鋅愛之發狂，乃擁而凌之，不服。鋅以力制之，方急，則曰：「服矣。請少迴旋。」既從，則捍禦如初，如是者數四。鋅乃悉力急持之。任氏力竭，汗若濡雨。自度不免，乃縱體不復拒抗，而神色慘變。鋅問曰：「何色之不悅？」任氏長嘆息曰：「鄭六之可哀也！」鋅曰：「何謂？」對曰：「鄭生有六尺之軀，而不能庇一婦人，豈丈夫哉！且公少豪侈，多獲佳麗，遇某之比者眾矣。而鄭生，窮賤耳。所稱愜者，唯某而已。忍以有餘之心，而奪人之不足乎？哀其窮餒，不能自立，衣公之衣，食公之食，故為公所繫耳。若糠糗[37]可給，不當至是。」鋅豪俊有義烈[38]，聞其言，遽置之。斂衽而謝曰：「不敢。」俄而鄭子至，與鋅相視咍樂[39]。

　　自是，凡任氏之薪粒牲餼，皆鋅給焉。任氏時有經過，出入或車馬輿步，不常所止。鋅日與之游，甚歡。每相狎呢，無所不至，唯不

---

36 戢身：藏身。戢，音ㄐㄧˊ。

37 糠糗：粗糧。

38 義烈：豪爽講義氣。

39 咍樂：嬉笑歡樂。咍，音ㄏㄞ。

及亂而已。是以鋜愛之重之，無所恡惜[40]；一食一飲，未嘗忘焉。任氏知其愛己，因言以謝曰：「愧公之見愛甚矣。願以陋質，不足以答厚意。且不能負鄭生，故不得遂公歡。某，秦人也，生長秦城；家本伶倫！「中表姻族，多為人寵媵，以是長安狹斜，悉與之通。或有姝麗，悅而下得者，為公致之可矣。願持此以報德。」鋜曰：「幸甚！」鄽中有鬻衣之婦曰張十五娘者，肌體凝潔，鋜常悅之。因問任氏識之乎。對曰：「是某表娣妹，致之易耳。」旬餘，果致之。數月厭罷。任氏曰：「市人易致，不足以展効。或有幽絕之難謀者，試言之，願得盡智力焉。」

鋜曰：「昨者寒食，與二三子游於千福寺。見刁將軍緬張樂於殿堂。有善吹笙者，年二八，雙鬟垂耳，嬌姿艷絕，當識之乎？」任氏曰：「此寵奴也。其母，即妾之內姊也，求之可也。」鋜拜於席下，任氏許之。乃出入刁家。

月餘，鋜促問其計。任氏願得雙縑以為賂，鋜依給焉。後二日，任氏與鋜方食，而緬使蒼頭控青驪以迓任氏。任氏聞召，笑謂鋜曰：「諧矣。」初，任氏加寵奴以病，針餌[41]莫減。其母與緬尤之方甚，將徵諸巫。任氏密賂巫者，指其所居，使言從就為吉。及視疾，巫曰：「不利在家，宜出居東南某所，以取生氣。」緬與其母詳其地，則任氏之第在焉，緬遂請居。任氏謬辭以偏狹，勤請而後許。乃輦服玩，並其母偕送於任氏。至，則疾愈。未數日，任氏密引鋜以通之，經月乃孕。其母懼，遽歸以就緬，由是遂絕。

他日，任氏謂鄭子曰：「公能致錢五六千乎？將為謀利。」鄭子曰：「可。」遂假求於人，獲錢六千。任氏曰：「鬻[42]馬於市者，馬之

---

40 恡惜：過分愛惜不忍割捨。恡：同「吝」，音ㄌㄧㄣˋ。

41 針餌：針和藥，代指醫療。

42 鬻：賣。音ㄩˋ。

股有疵，可買入居之。」鄭子如市，果見一人牽馬求售者，眚[43]在左股。鄭子買以歸。其妻昆弟皆嗤之，曰：「是棄物也。買將何為？」無何[44]，任氏曰：「馬可鬻矣，當獲三萬。」鄭子乃賣之，有酬二萬，鄭子不與。一市盡曰：「彼何苦而貴買，此何愛而不鬻？」鄭子乘之以歸；買者隨至其門，累增其估，至二萬五千也。不與，曰：「非三萬不鬻。」其妻昆弟聚而詬之[45]。鄭子不獲已[46]，遂賣，卒不登三萬。既而密伺買者，徵其由，乃照應縣之御馬疵股者，死三歲矣，斯吏不時除籍[47]。官徵其估，計錢六萬。設其以半買之，所獲尚多矣。若有馬以備數，則三年芻粟之估，皆吏得之。且所償蓋寡，是以買耳。

任氏又以衣服故弊，乞衣於崟。崟將買全綵[48]與之。任氏不欲，曰：「願得成制[49]者。」崟召市人張大為買之，使見任氏，問所欲。張大見之，驚謂崟曰：「此必天人[50]貴戚，為郎所竊。且非人間所宜有者，願速歸之，無及於禍。」其容色之動人也如此。竟買衣之成者而不自紉縫也，不曉其意。

後歲餘，鄭子武調[51]，授槐里府果毅尉[52]，在金城縣。時鄭子方有妻室，雖晝遊於外，而夜寢於內，多恨不得專其夕[53]。將之官，邀與任

---

43 眚：疾病。音ㄕㄥˇ。

44 無何：沒有多久。

45 詬：指責、責罵。音ㄍㄡˋ。

46 不獲已：不得已。

47 不時除籍：沒立即在當時就將馬刪除名籍。

48 全綵：整匹綵緞。

49 成制：裁製好的成衣。

50 天人：神仙。

51 武調：參加武職的銓選。

52 果毅尉：唐初府兵制軍府的軍事長官稱折衝都尉，副職為果毅都尉。

53 專其夕：整夜在一起。

氏俱去。任氏不欲往，曰：「旬月同行，不足以為歡。請計給糧餼[54]，端居以遲歸。」鄭子懇請，任氏愈不可。鄭子乃求鑫資助。鑫與更勸勉，且詰其故。任氏良久，曰：「有巫者言某是歲不利西行，故不欲耳。」鄭子甚惑也，不思其他，與鑫大笑曰：「明智若此，而為妖惑，何哉！」固請之。任氏曰：「倘巫者言可徵，徒為公死，何益？」二子曰：「豈有斯理乎？」懇請如初。任氏不得已，遂行。鑫以馬借之，出祖於臨皋[55]，揮袂別去。

　　信宿[56]，至馬嵬。任氏乘馬居其前，鄭子乘驢居其後；女奴別乘，又在其後。是時西門圉人[57]教獵狗於洛川[58]，已旬日矣。適值於道，蒼犬騰出於草間。鄭子見任氏欻然墜於地，復本形而南馳。蒼犬逐之。鄭子隨走叫呼，不能止。里餘，為犬所獲。鄭子銜涕出囊中錢，贖以瘞[59]之，削木為記。回睹其馬，齧草於路隅，衣服悉委於鞍上，履襪猶懸於鐙[60]間，若蟬蛻[61]然。唯首飾墜地，余無所見。女奴亦逝矣。

　　旬餘，鄭子還城。鑫見之喜，迎問曰：「任子無恙乎？」鄭子泫然對曰：「歿矣。」鑫聞之亦慟，相持於室，盡哀。徐問疾故。答曰：「為犬所害。」鑫曰：「犬雖猛，安能害人？」答曰：「非人。」鑫駭曰：「非人，何者？」鄭子方述本末。鑫驚訝嘆息不能已。明日，命駕與鄭子俱適馬嵬，發瘞視之，長慟而歸。追思前事，唯衣不自

---

[54] 糧餼：送人的米糧、穀糧。此處指生活費。餼，音ㄒㄧˋ。

[55] 祖於臨皋：在臨皋為他們餞行。

[56] 信宿：過了兩個晚上。

[57] 圉人：《周禮》官名。負責養馬芻牧等事的人。

[58] 洛川：今陝西省洛川縣。

[59] 瘞：掩埋。音ㄧˋ。

[60] 鐙：掛在馬鞍兩旁，讓騎馬的人踏腳用的東西，或稱馬鐙。音ㄅㄥˋ。

[61] 蟬蛻：蟬自蛹狀幼蟲化為成蟲時所脫下的殼，可入藥。也稱為「蟬衣」。蛻，音ㄊㄨㄟˋ。

製，與人頗異焉。其後鄭子為總監使，家甚富，有櫪馬十餘匹。年六十五，卒。大曆中 [62]，沈既濟居鍾陵 [63]，嘗與鉴遊，屢言其事，故最詳悉。後鉴為殿中侍御史，兼隴州刺史，遂歿而不返。

嗟乎，異物之情也有人焉！遇暴不失節，狥人 [64] 以至死，雖今婦人，有不如者矣。惜鄭生非精人 [65]，徒悅其色而不徵其情性。向使 [66] 淵識之士，必能揉變化之理，察神人之際，著文章之美，傳要妙 [67] 之情，不止於賞翫 [68] 風態 [69] 而已。惜哉！建中二年 [70]，既濟自左拾遺於金吾將軍裴冀、京兆少尹孫成、戶部郎中崔需，右拾遺陸淳，皆適居東南，自秦徂吳 [71]，水陸同道。時前拾遺朱放因旅遊而隨焉。浮潁涉淮，方舟 [72] 沿流，晝宴夜話，各徵其異說。眾君子聞任氏之事，共深嘆駭，因請既濟傳之，以誌異云 [73]。沈既濟撰。

---

62 大曆中：約西元 773 年前後。大曆為西元 766 年 11 月至 779 年 12 月。

63 鍾陵：今江西省進賢縣。

64 狥人：曲從或迎合他人。狥，音ㄒㄩㄣˋ。

65 非精人：不是心思細緻的人。

66 向使：假使、假設。

67 要妙：精微美好的樣子。

68 賞翫：觀賞把玩。

69 風態：風姿儀態。

70 建中二年：西元 781 年。

71 自秦徂吳：從秦地到吳地。

72 方舟：兩船併行。

73 異云：奇聞傳說。

心得寫作

## 4.2.4 習作

| 班級 | | 姓名 | | 學號 | | 評分 | |
|------|--|------|--|------|--|------|--|

請根據〈任氏傳〉文中所述，為主角任氏寫一篇認識鄭六之前的前傳，以補證任氏後來為何會對鄭六這樣的人設一往情深，甚至為鄭六犧牲性命也在所不辭。

單元5

# 創作力

5.1 詩情畫意一行詩／廖慧美　編撰

一行詩／沈志方

5.2 隨筆浪漫網路文學／廖慧美　編撰

湯，麵線／沈志方

損了又貢的丸──自閉抗疫，何以解饞？寫篇貢丸／沈志方

# 5.0 導讀

廖慧美　導讀

　　現今 3C [1] 產品普及，資訊科技日新月異，已深深影響人們的思想與行為模式，對人類各層面都有著極大便利性與強化優化運作，同時也衍生了諸多負面影響 [2]。就閱讀與寫作而言，書寫媒介 [3]、發表方式、創作模式、讀者本位等，都產生空前變異，鍵盤、滑鼠、電子筆、觸碰滑寫、點選輸入等逐漸取代筆類手寫；電子圖檔、網路影音取代紙本；聽、說、讀、寫的教與學，也非同日而語。

　　資訊發達拓寬了寫作資源，讓作者更輕鬆地獲得資訊，提高寫作質量，改變了寫作方式與發表平台，例如電子文件 Electronic document、即時通訊 Instant messaging、部落格 Blog、臉書 Facebook、哀居（IG）Instagram 等；網路環境的普及，使得作者更方便地與讀者互動，擴大了讀者群；資訊發達提高了讀者的知識水平，對創作者提出了更高的要求；大量的資訊使得寫作者需要具備更強的資訊選擇和處理能力，以保證寫作的準確性和客觀性。處於「資訊爆炸」[4] 時代，大量資訊固然帶來創作上的許多方便與效益，卻也出現一些亂象，包括隱私、法律、倫理、訊息正確性和訊息篩選等問題，因此有人稱這是個「垃圾爆炸」的時代 [5]。

---

1　維基百科釋義：「3C，流行於臺灣的術語，是對電腦（Computer）及其周邊、通訊（Communications，多半是手機）和消費電子（Consumer-electronics）三種家用電器產品的代稱。」

2　不當使用或是過度使用 3C 所造成的傷害，網路媒體書報雜誌等的報導罄竹難書，舉凡對身體關節神經、視網膜、腸道消化、皮膚、精神、行為、睡眠、人際關係、社會行為、語言表達等影響甚鉅。

3　閱讀與寫作的媒介物如讀本、紙、筆、硯、墨、3C 等。

4　維基百科釋義：「資訊爆炸（Information Explosion）是指現代出版資訊或資料數量的急速增加，以及因如此大量而帶來的影響。當可用資料數量增加後，資訊管理的問題變得困難，更可能導致資訊超載。」

5　引自網路短文〈在這個資訊爆炸的時代，我們該怎麼辦？〉，https://zhuanlan.zhihu.com/p/39576043。

　　面對資訊猛暴環境，閱讀與寫作日趨「短、小、輕、薄」[6]與多元性，處於大數據時代，網絡作品不可勝數，在不斷「讀取資訊」和「處理資訊」之下，正確使用工具和善用數位閱讀環境之外，對閱讀與寫作又該如何著手？或可從「閱讀素養」[7]做起。所謂「閱讀素養」，是從外在資訊內化成自身知能的學習過程，著重於生活化、情境式的文本閱讀中，訓練「理解」與「詮釋」文本內容，加強「反思」及「批判思考」文本內容與文本形式的能力，對於自己的立場或主張，能夠依據文本內容加以分析，進而提出合宜的理由給予支持或反對。

　　本單元從選文到教學架構設計，分兩大部分，第一課程是一行詩選讀，第二課程是網路作品選讀，兩者主要在練習「讀取資訊」和「處理資訊」，內化厚實「理解」與「詮釋」能力，進而加強閱讀與寫作、詩文評賞、Banner、廣告詞、行銷標語等應用能力。本單元教學目標有四項：

一、 強化詞彙、句式閱讀的「語感」。

二、 提升學生閱讀與寫作的應用能力。

三、 學習廣告語式創意能力。

四、 詩情文意生活化。

---

6　傳統詞彙中「輕薄」、「短小」不是讚美之辭，但在現代詩的發展中，瘂弦先生擔任《聯合報》副刊主編期間，開始推動現代詩的「短、小、輕、薄」以符合報刊的刊載，影響了詩壇創作短詩、一行詩。而資訊發展也改變生活用品之趨向「輕薄短小」，成為一種時尚，從汽車到口紅、從錄影機到咖啡，到處可見「小兵立大功」。

7　PISA 國際素養評量主要運用素養（Literacy）的觀點來設計測驗，測驗的內容主要分為三個領域，分別為閱讀素養、數學素養及科學素養。閱讀素養的意涵：透過書面文本內容的提問，測試受測者是否能藉由理解、運用、自我省思等方式，以實現個人目標、發揮內在潛能及參與社會的能力。可參考孫劍秋「國際閱讀素養評量（PISA）計畫問答集（Q&A）」。

# 5.1 詩情畫意一行詩

廖慧美　編撰

## 5.1.1　解題

### 一、認識一行詩

現代詩篇幅相當自由，長詩如洛夫〈漂木〉三千行，短詩如羅門〈我最短的一首詩〉僅一行：「天地線是宇宙最後的一根弦」，所以一行詩是現代詩型的超級迷你版。詩人向明在他的《新詩一百問》之六十六問中說：

> 根據羅門先生的詮釋，這首詩是他寫過無數思想廣度與深度同時並重的長詩和短詩之後，他一生中所寫的最短的一首詩。同時自認是他創作中較獨特精彩的一個意象，以之獨立成詩。因此我們可以知道，這首詩雖然只有一行，但仍被認為是一首詩。至少作者本人是這樣認定。在這一切都被解構的世風下，詩本已無定型，亦無定法，這樣一行的詩也算是一種創新。

「獨特精彩的一個意象」是向明對一行詩的註解；「一行搏天地、二十字內定乾坤」是沈志方的詮釋，顯然以小（形式）博大（詩意）是一行詩的特質。現代詩無定型，也無定法，故有多種稱謂[8]，但「一行詩」的稱名，在詩壇已是共識[9]。

一行究竟能否成詩？這個議題很多教育者、學者、詩人、評論家都討論過，作為一行詩的領頭羊《聯副》曾舉辦座談討論[10]，主持人林德俊（筆名：小熊老師）拋磚引玉提出這樣的看法：

---

8　現代詩名稱又有新詩，乃對應古詩而來；白話詩，則對應文言詩而來；自由詩，對應格律詩而來。也有以行數的多寡來命名的，如王添源的十四行詩、向陽的十行詩、岩上的八行詩、白靈的五行詩、蕭蕭的三行詩。

9　參閱蘇紹連・意象轟趴密室，〈「一行詩」，還是「獨行詩」？〉，https://poempoem.pixnet.net/blog/post/3181728。

10　參閱聯副文學遊藝場（2012），〈【文學遊藝場三周年：電紙筆談】充滿力量的神句——閒話一行詩〉，http://blog.udn.com/lianfuplay/5988525。

　　一行詩是屬於操作容易的入門款方案，因其篇幅短小，有快速建立詩句成果、方便即席分享等諸多好處；但也有壞處，讓初學者以為詩很好寫，一行就可以是詩，於是染上了只寫得出「詩句」而寫不出「詩」的「症狀」，不論創作或閱讀，衍生出耐力不足的問題。

　　這段話點出了一行詩入門的通病：只寫得出「詩句」而寫不出「詩意」。那麼怎樣的句子才有詩意？陳政彥教授的看法是：

　　當多數詩人能從中感受到詩的質素，多數讀者能從中得到讀詩的樂趣，一行字就足已成詩。當我們能成功地透過一行文字，彰顯事物間前人所未見之新關係，詩意已在其中，無關乎長度。

陳巍仁教授的看法是：

　　理想的一行詩必須要點破一個「祕密」。某個於宇宙人世間存在已久，無人發揚的祕密，經由一段神準精鍊的文字被釋放，成為一股流動的能量。既像附耳流傳的親密私語，更像音韻深廣，直指人心的咒語。這便能使讀者在「喔！」「哇！」「真的！」「對耶！」的驚嘆中，對世界不小心又多了一點點理解或體悟。

　　兩位學者兼詩評家闡釋一行詩的「詩意」深入淺出，但應該還是有人會說：似懂非懂，主要是因為每個人對詩的閱讀素養與鑑賞能力不盡相同，即使同一個人同一首詩，在不同環境、年歲、經歷下，讀取的「意」（感受、領悟）也不一樣。或許用換位思考[11]來看陳政彥教授的這兩句話「當多數詩人能從中感受到詩的質素」、「多數讀者能從中得到讀詩的樂趣」，會有新的認知，前者好比信眾聽法，如是我聞；後者「讀詩的樂趣」，某種特質上與腦筋急轉彎、猜謎語、短篇笑話所引發的樂趣（感受）相似；而陳巍仁教授的詮釋，換個比方來說，如同背部搔癢，搔到癢處（讀到好詩），不自覺「喔！」「哇！」「對對對！」。總之，詩意是無法「一言以蔽之」，當你讀到一首詩，而能挑起（喚起、引發、激發，甚至挑逗出）你的情緒（苦的、樂的、悲的、喜的、痛的、爽的都行），那麼這首詩，就是你的好詩，但未必是他人的好詩。所以一個教義，越能引領眾人認同追隨；一則笑話，越能引起眾人會心大笑讚，就表示「意」在其中。同理，一首詩能引發眾人的情緒共鳴，就表示這首詩的感染力強，藝術性高，就是詩意無限的好詩。

---

11「換位思考」是一種將自己置於他人的位置，並能夠理解或感受他人在其框架內所經歷的事物的能力。此處是指換個角度（腦筋急轉彎、猜謎語、笑話）來讀一行詩。

　　「一行當然可以為詩，而且，可能是更精鍊、更具挑戰性的詩。」那麼「行」的形式為何？文獻無明載，近代偶有觸及，但未有定論 [12]。現代詩壇既以一行詩稱呼，當以「一行」為準則：內容以不超過三個詞句為宜，排成一行式，整行字數（含標點符號）通常二十字以內為原則 [13]。如此短小的載體，「易寫難工」[14]，所以一句成行還要蘊含詩意，這樣的「神句」[15] 創作難度高，可遇不可求，需要一點運氣，靈光乍現有如神來之筆。要寫出一行詩的極品故不容易，卻是初學現代詩者最易著手的習作。

## 5.1.2　作者

　　沈志方，1955 年生，浙江省餘姚縣人，眷村子弟。東海大學中文系、所畢業。曾任教於東海大學中文系及本校應用華語文系，今已退休。教授現代詩課程約三十年。

　　自 1986 年起即教授現代詩，曾獲東海文藝創作比賽散文首獎一次、現代詩首獎兩次、創世紀四十週年詩創作獎。著有詩集《書房夜戲》、《結局》、論著《漢魏文人樂府研究》等，詩作入選兩岸多種詩選及爾雅版年度詩選九次。

　　創作以現代詩、散文為主，擅長融鑄中國古典文學於現代。早期注重結構布局之跌宕，講究遣詞用字之驚奇與餘韻；後期則隨性書寫對生活的深沉感受與人生之觀照，退休後寄情書法與生活隨興短文，圖文並茂，發表於自己臉書，或電子報刊。

　　多年寫詩教詩、創作與教學，他定義一首好詩，必須通過「立即的驚喜」與「沉思的回味」兩項考驗；對網路作品則認為「輕鬆」之餘須兼具「動人」及「餘味」。

---

[12] 寒山石〈關於三行詩的十句話〉：「對於詩的分類歷來眾說紛紜，尚無定論。但我個人傾向於十行以內為小詩。這也是相當一部分詩家的共識。」引自寒山石新浪博客，http://blog.sina.com.cn/u/1267596154。

[13] 參閱林德俊，〈挑戰一行詩擂台〉，《明道文藝》第 109 期，頁 62。

[14] 宋·陸游〈臨江仙·鳩雨催成新綠〉詞：「只道真情易寫，那知怨句難工。」

[15] 1989 年大陸詩人麥芒因自己的一首九字詩〈霧〉：「你能永遠遮住一切嗎」被盜印在卡片上而訴諸法律，最後竟告贏了，1995 年此案被確認為內容最短的版權訴訟案，登上金氏世界紀錄。麥芒一句成名，還被破格錄用為國家幹部。參閱林德俊（2014），〈詩的伸展操〉，https://www.jintian.net/today/html/92/n-50192.html。

## 5.1.3 課文

# 一行詩

沈志方

「一行詩」始於民國 75 年 8 月 9 日的聯合報副刊，早期若干詩人的二、三行短詩再濃縮一點，其實就是一行詩。

就一個完滿而燦爛自足的世界來說，一行當然可以為詩，而且，可能是更精鍊、更具挑戰性的詩。無論作者擁有多豐富、多不可思議的情思，都必須壓縮在一行內展現；以一行搏天地、二十字內定乾坤，對語言、詩思的錘鍊，都是極有趣的挑戰。

這就是詩，至少是詩的入場券。

1. 〈暗戀〉

   偷偷地，我小小心地，知道了妳的百褶裙共十一褶。

2. 〈脆弱〉

   一場車禍。輾死一個人，及一隻青蛙。

3. 〈吸管〉

   心空後，才明白自己曾經這麼豐盈。

4. 〈失戀〉

   我很好，請放心，只是把自己弄丟了……

5. 〈人造花〉

   因為怕錯過花季，只好天天盛裝打扮。

6. 〈打瞌睡〉

   我竟然點頭！答應了讓你當掉我──

心得寫作

7. 〈失眠〉

這晚，又聽著枕頭喃喃自語那不連貫的故事。

8. 〈夢〉

夜，在你我額上烙上不同的故事……。

9. 〈拔河〉

繩子說：左右為難啊！兩邊都這麼需要我。

10. 〈熬夜〉

在泡麵與咖啡杯之間迫降，在黑眼圈裡，尋找出路。

11. 〈鑰匙〉

僅憑一排不規則的牙，就能嚼出——祕密的味道。

12. 〈影子〉

剪輯，風的律動……。

13. 〈邱比特〉

你問我中箭的感覺，我，笑著流淚。

14. 〈魚缸的…〉

永不闔眼的，看著玻璃缸外，扭曲的世界。

15. 〈香〉

在佛祖面前，我掉盡了所有的淚……。

16. 〈海〉

那麼廣大自主卻不炫耀，有一種低調的，自由……

17. 〈一名叫許仙的現代男子〉

那白蛇，又悄悄滑進我夢中，細細端詳，含淚離去……

18.〈植物人〉

逃離的靈魂，回頭凝望，支撐著空殼的身軀……

19.〈視力檢查〉

對於你，我只能睜一隻眼閉一隻眼……。

20.〈複製人〉

我在街頭尾隨每一個路人：「有多餘的靈魂要賣嗎？」

\* 本文由沈志方先生授權使用。

心得寫作

## 5.1.4　閱讀導引

### 一、如何閱讀範本

　　本單元選出二十首一行詩，題材生活化，人（植物人、複製人）、事（打瞌睡、熬夜、暗戀、拔河）、景（海）、物（吸管、鑰匙、香）為主，亦有抽象概念的，如脆弱，藉此打開初學一行詩者的方便門。

### 二、閱讀一行詩的要點

（一）首先從題目到詩句讀一遍，不需一字一字地推敲琢磨字義，以約略看懂即可，讀完後的感受即是初步印象，請寫下來。

（二）第二次閱讀須精讀，找出關鍵字詞，將之摘記，若有不明字詞或典故，則查閱資料，以釐清字詞典故之意思、延伸義。

（三）審題，就閱讀的次序而言，題目必先內容而呈現於讀者眼前，所以題目含有相當的暗示性，它暗示讀者在某一範圍內，作者所要傳達的詩意。

（四）反覆仔細推敲題目與詩句之關鍵字詞的關聯性，梳理出之間的牽連脈絡；若是無法掌握題目與關鍵字詞之間傳達的情與意脈絡，則再從新推敲其他字詞；若仍無法得到任何概念，表示無法駕馭這首詩，請選其他作品，過些時日再試試。

（五）重新建構這些脈絡，若脈絡清楚，表示已掌握了這首詩的詩意；若是脈絡斷續，似懂非懂，就需要閱讀者發揮想像力，將題目與關鍵字詞之間的斷層填補，鋪出思路。

（六）延伸感受，將作品的詩意與自己的經歷共鳴，將作品的人事物轉化成自己之人事物，展演出自己的情緒。

### 三、範本閱讀示範

　　題目與脈絡比較清楚的第五首〈人造花〉：

　　「因為怕錯過花季，只好天天盛裝打扮。」

- 初步閱讀得到的感受：詩句淺白易懂，人造花雖美卻假，只存表象的事物有何意義。

- 仔細閱讀，關鍵詞有怕錯過、花季、只好、盛裝打扮。

- 題目與關鍵詞之間的脈絡：本詩題目與詩句關係緊密，若遮去題目，幾乎無法判讀詩作的明確主旨；題目一揭，整首詩就易懂易明：人為製造的花（乾燥花或是紙質、布

質、膠料等各種材料製作的花），在製成的那一刻，就永遠不凋，天天盛開。

- 重新建構新脈絡：人造花之所以永保盛開，是因為人為加工；需要人為加工，是因為害怕錯過，採用擬人修辭技巧，將花擬人，「怕錯過」，所以「只好」，擬人技巧，使整首詩提升了格局。

- 延伸詩意：若只從詩句表層意思理解，詩的格局不大，詩無餘韻；若從深層延伸義去解析，這首詩才有品味之處。「花季」延伸為美好時刻、豐收時候、功成名就之時等人類最佳狀態，這是人人都想永遠保有的，一旦擁有就擔心害怕失去，所以「只好天天」盛裝打扮。解析關鍵在於「怕」、「只好」二詞，這隱含著心裡的掙扎、擔憂恐懼、無奈、妥協等情緒，試想每個人或多或少都有渴望永保的，如健康、財富、體態、事業、情感，為此只能選擇「人造」方式達成，而人造的方式可以是正當也可能是非法的，其延伸分析為……（這裡省略，留給讀者自行解析）。

- 詩的閱讀理解有多種方式，以上的閱讀理解只是其中一途，提供參考練習。讀詩有時只能品不可解，一字一解就全無詩意，箇中門道在多讀、多學、多練習。

題目與脈絡比較斷層的第二首〈脆弱〉：

「一場車禍。輾死一個人，及一隻青蛙。」

- 初步閱讀得到的感受：一個事件與一隻青蛙，莫名卻又有某種隱約的暗示。

- 精讀：關鍵詞有車禍、句號（。──作者特意用句點而非讀點，顯得奇特）、死人、青蛙。

- 題目與關鍵詞之間的脈絡：題目「脆弱」，是抽象的情緒（如感情脆弱）還是具體的物（如房樑脆弱）？難以一下就明瞭，必須從關鍵詞爬梳。車禍一詞，後面以句號作結，傳遞一個完整的事件，這事件是一場車禍，死了一個人（容易懂），以及一隻青蛙（難懂）。從這些關鍵詞推斷，若是寫實，客觀描述車子輾死一個人、一隻青蛙，人與蛙只是同為車輪下的亡魂，任何生命在車輪下都是脆弱的，符合題目，但這樣解法使句式成了散文陳述，缺少了詩的層次性及言外之意。人與青蛙之間的關聯斷層，運用想像填補：這是一個賣青蛙的人（一隻？說不通）、養青蛙的人（一隻？說不通）、為救青蛙（一隻？可通）而被輾斃的人（這樣解讀，可以當作另類哈啦樂趣或Kuso 搞笑），被輾死的兩人中，一位是有身孕的婦人（青蛙特徵是肚子大，似乎是借喻為孕婦），這樣推斷牽強又毫無詩味。從象徵意推敲，青蛙在國內或國外都被視為「幸福」的象徵，能夠擁有一隻青蛙也代表著幸福、好運都會跟著上門 [16]。青蛙在日

---

[16] 參閱琉傳天下琉星花園，〈Glastory Arts Center: Glastory 青蛙造型作品（2）〉，http://glastory.blogspot.com/2009/11/glastory2.html。

本有化險為夷、財運亨通,另外也有快樂出門,平安回家的含意 [17]。作如是觀,詩意就明朗了。

- 重新建構新脈絡:看似關聯斷離的人與青蛙,可詮釋新關係為:一場車禍斷了一個人的生命及幸福,沒了未來,所以車禍後面以句號作結。這首詩的關鍵在「一隻青蛙」,宕開描寫層次,使作品有弦外之音。

- 延伸詩意:車禍可延伸為其他重大事件,如火災、水災、強烈地震等天災,人的生命是何等脆弱,何其不幸;車禍亦可延伸為一句輕視、一個眼神、一個嘲笑,一次莫名的吵架,竟斷送了一條生命,及一個家庭的幸福,心靈是極其脆弱的。

## 5.1.5 延伸書寫:一行詩習作與應用

### 一、一行詩習作

一行詩易寫難工,入門的門檻不高,但初學者容易有句無詩;也別氣餒,多練習,有心有興趣最重要,俗話說,行家也是練出來的。

### (一)練習一:具體物件練習——以「鑰匙」為例

說明:

1. 找一個自己比較有感的題材;若找不出,請就本單元這二十首中,挑出比較有想法的題目。

2. 建議題材從生活中的具體物品著手,比較容易掌握寫一行詩的感覺。

3. 將題材構思為一個題目,題目也是一行詩的組成,具有重要提示或暗示性,以短小為宜。

4. 一行詩的關鍵詞通常在六個以內,過多容易使讀者模糊了閱讀理解,造成閱讀障礙。

5. 找出題材相對應的關鍵詞,鑰匙,相對應的關鍵詞有鎖(關)、開;再從鎖(關)、開延伸出心事、封閉、阻礙、釋放,圖示:

---

17 參閱〈日本青蛙的象徵〉,https://www.daydreamingshop.com/blog/posts/frog。

6. 利用修辭技巧，如擬人法、譬喻法將所選的物件重新建構關係。

7. 將構思的草稿（不管滿不滿意）全部記下來，反覆琢磨修改，直到組成一首自己滿意的作品。

8. 切記！除非靈思有如神助，否則好的作品不是一蹴可成，是慢慢推敲，經過千錘百鍊而成。

【示範】鑰匙

• 選出對應的關鍵詞：鎖（關閉）、打開、心事（心室）、門關（難關）。

• 修辭技巧：擬人法。

• 重新詮釋鑰匙的新關係：

(1) 我永遠打不開無心事的人。

(2) 那次事件後，我再也打不開你的心。

(3) 引領我走出黑暗。

(4) 沒人問過我，我的難關要怎麼打開？

(5) 光與暗的判官啊！你的選擇是什麼？

【練習】鑰匙

• （同學練習）：_____

_____

• （同學練習）：_____

_____

• （同學練習）：_____

_____

## （二）練習二：抽象之意練習——以「脆弱」為例

說明：

1. 找一個自己比較有感的題材，若找不出，請就本單元這二十首中找出比較有想法的題目試試。

2. 抽象之意比較難掌握，首先須分析題目的主要含意，範例「脆弱」，意旨在人們對外在處境呈現的心理狀態，這屬狀態式的題材。

3. 狀態式的題材，可採用借事寫情、借景寫情技巧練習，將「情」交給「事」、「景」去說，比較容易入門。

4. 脆弱是心態，是心靈的某一種狀態，須轉化成事物景物去呈現。

5. 先找出脆弱的關鍵含意：一場車禍失去了生命與幸福！不管造成失去的事件是天災還是人為，再找出大自然或人為中的事件或景物，有哪些具有從眼前消失或是被帶走被剝奪。

6. 依據大自然或人為的事件景物，找出令人印象深刻的點，鋪墊於詩句中。

【示範】脆弱

- 選出對應的關鍵詞：車禍、事件景物（大地震、海嘯）、輾死、失去。

- 修辭技巧：借事寫情、借景抒情。

- 重新撰寫：

  (1) 921 三個數字輕輕一敲，臺灣，痛好久。

  (2) 海嘯呼喊離鄉的人啊，歸來吧。

  (3) 縱身一跳，一滴鮮血，乾了。

【示範】脆弱

- （同學練習）：＿＿＿＿＿＿＿＿＿＿＿＿＿＿＿＿＿＿＿＿＿＿

  ＿＿＿＿＿＿＿＿＿＿＿＿＿＿＿＿＿＿＿＿＿＿＿＿＿＿

- （同學練習）：＿＿＿＿＿＿＿＿＿＿＿＿＿＿＿＿＿＿＿＿＿＿

  ＿＿＿＿＿＿＿＿＿＿＿＿＿＿＿＿＿＿＿＿＿＿＿＿＿＿

# 二、一行詩應用：廣告寫作

「我們正處於 140 字元的宇宙裡，你最好已經學會微寫作。」[18] 所謂「微寫作」就是

---

[18] 語出《紫牛》作者賽斯‧高汀（Seth Godin）。

微型訊息，舉凡報紙頭條、新聞標題、品牌名稱、網域名稱、電視網路上那些讓人琅琅上口的流行語、競選口號、廣告標語、流行用語、電子郵件主旨、文字簡訊、電梯推銷、條列式重點、推特與臉書、IG 的最新動態等等，都是微型訊息的例子。微寫作的風格就是輕薄短小，就是語言的表達經濟，以小小的訊息傳達大量的想法[19]。一行詩的特點正好適合作為微寫作的入門。

一行詩的創作，以及其小巧可愛，靈活多樣，與廣告語的創作有異曲同工之處。若一行詩的產生來自作家純粹創作慾，那麼這是一首詩之創作；若這一行作品是為某商品量身打造，目的在行銷，那麼這是一則廣告詞。廣告寫作須扣住商品的獨特感覺，這種感覺往往是廣告人對撰寫對象（商品）展開故事對話、情境經營，像是廣告人與商品進行一場戀愛。所以每年的廣告金句創意比賽，得獎的金句，堪比一首首好詩。

一行詩通常在二十字以內，題目具有相當的暗示性，閱讀與寫作著重關鍵字詞，讓人有延伸性的想像空間；這些特點與廣告寫作相符合，如表所示：

| GOOGLE 的模式 | YAHOO 的模式 |
|---|---|
| 中文（含全形）<br><br>廣告標題：大約 12 個字。<br>廣告語：大約 35 個字。 | 中文<br><br>廣告標題：大約 15 個字以內。<br>廣告語：大約 38 個字以內。<br>（包含所有標點符號、英文或符號） |

廣告市場的主角是消費者，消費者的搜尋關鍵字則是行銷商最重視的大數據，在關鍵字詞的特點上，兩者關注是一致的。

【練習】將本單元的一行詩題目，改為行銷商品名稱。

說明：

1. 依據詩的內容，找出關鍵詞。

2. 想一想，有哪些商品的特點與詩的關鍵詞相似，羅列這些商品。

3. 羅列的商品比對詩的關鍵詞，相符數少的淘汰，多的保留。

4. 最後留下的商品就是題目的新名稱。

---

[19] 參閱克利斯多福・強森（Christopher Johnson）著，吳碩禹譯（2012），《微寫作──短小訊息的強大影響力，文案、履歷、簡報、網路社交都好用的語言策略》。臺北：漫遊者文化。統合語言學、品牌行銷及網路理論等，介紹「微寫作」的語言藝術。

【示範】以第三首為例

　　〈吸管〉心空後，才明白自己曾經這麼豐盈。

- 關鍵詞：心空、曾經、豐盈。
- 閱讀理解：商品需要有前後的使用狀態，使用前豐盈；使用後空無。
- 羅列特點相近商品：原子筆、果凍條、牙膏、條狀乳液。
- 評比：以「心空」、「豐盈」關鍵詞而言，果凍條、牙膏不具起承轉合的情境；原子筆、條狀乳液比較有人性化的延伸想像空間。原子筆的豐盈，在於筆水運轉出文藝天地，豐盈了文化；條狀乳液的豐盈，在於滿足了愛美的人，豐盈了心靈。兩者孰優？這就看消費群的喜好。
- 定案：

　　〈原子筆〉心空後，才明白自己曾經這麼豐盈。

　　〈條狀乳液〉心空後，才明白自己曾經這麼豐盈。

# 三、一行詩應用：信手塗鴉

　　一行詩雖然難以寫得出色，但容易入手，活用性也強，比如任何節日信手寫來：你是我口中的巧克力（情人節）、花園中最盛開的那一朵康乃馨（母親節）。若再配上簡單圖案，就是誠意十足的詩圖並茂的祝福。

　　一行詩短小，詩意點到而已，留白[20]多，閱讀理解的想像空間大，適合配圖欣賞，增加可讀性、功能性。舉凡個人筆記、日記、節日卡片、便條書籤到商品插畫、繪本，甚至簡報、廣告、短片標題，都可詩畫結合，美化生活。

　　本單元二十首，可信手隨意加入圖案、插畫[21]，也是一種信手塗鴉之樂。

【示範】

　　〈人造花〉因為怕錯過花季，只好天天盛裝打扮。

---

20 留白是中國繪畫表現技法之一，作品畫面有意留下相對應的空白，留給觀賞者想像空間。

21 配圖或插畫、塗鴉請遵守智慧財產權相關規範；以本單元詩作另行配圖案，僅作教學練習之用，勿作任何商業行為。

〈夢〉夜，在你我額上烙上不同的故事……

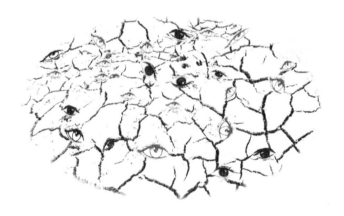

〈影子〉剪輯，風的律動……。

# 5.1.6 延伸閱讀

## 詩與散文的分界

### 沈志方

詩與散文的差異常是讀者最困擾的問題，依多年來的掌握，二者之別約在「轉折」（語意的切斷）、「意象的密度」、「語言的組合與運用」及「節奏」四端。就節奏而言，大體上散文的節奏較隨性而無規律，或說是以不斷的變化為準則的；詩的節奏則低迴往復而有規律，正須強調重複。

文學類別的區分，往往是累積大量作品後大致上的劃分與歸類；當出現既有類別無法定位的作品時，自須再立名目以遷就現象，「散文詩」、「詩散文」的稱謂頗可指陳此一現象（臺灣階段性流行過的圖象詩、隱題詩亦然）。但散文詩與詩散文的實質差異，我們若盡量推求至極端，實在一線之間。筆者試作如此掌握：節奏性越強的散文，越接近詩。古典作品如陶潛〈歸去來辭〉（駢賦）、杜牧〈阿房宮賦〉（律賦）、丘遲〈與陳伯之書〉、林嗣環〈口技〉等，曼聲吟哦，聲韻鏗鏘固不待言，正在詩與散文之間；現代作品亦可準此區別之，試看下列二例：

### 那年／馮湘

那年夏天的顏色，我還記得。

溪水是一種閃爍的顏色，薄霧是一種牛奶的顏色，

草原是一種透明的顏色，石頭是一種永恆的顏色。

我們在其中是一種流動的顏色。

而為什麼，只有那片樹林，竟漠然地沒有半點顏色？陽光斜照進去的時候它搖曳成一潑煙霧，野雀在遠處輕叫的時候它凝成深黑。

它把無數的不可知藏在裡面。

不可知的是，當日的我們，還會經過多少無色的歲月；會成為端凝的一代還是茫然的一代？會有一遍遍的感覺與記憶，還是一次次的恍惚與追悔？會有許許多多的聚散，還是一點點的流離？三十年後的今天，我這樣想。

# 十年明月／沈志方

明月。明月如舊。

此刻已是凌晨時分，月色如霧自山中四面掩至小樓，我在小樓西側，小樓在大肚山裏。

我在臨窗的燈光下抽菸。靜靜等待烹茶的水沸，並倚著窗緣思索一些問題。（即使月有圓缺陰晴，即使明月依依還照，然而它為什麼總是不舊？）十年前同樣月光下，我的心情如何？燈前燈後，我正為明天的期中考急急忙忙穿梭於古典與現代之間呢？還是一襲秋衫，枕在月光草坪深處，憂鬱的數著一片落葉、二片落葉、三片落葉……？

彷彿我都已淡忘了，然而明月如舊。

明月如舊，它靜靜我十年心事，宛如一隻手臂自記憶幽微處橫伸過來，為我一頁一頁翻閱，也許是跌宕起伏、也許是山石泉鳥之類的往事……。壁角的水壺正嘶嘶鬧靜，舊時明月，一一過來。

那麼四年大學、二年軍旅、三年研究所及年餘的教書、上班生涯，該是深刻而復動人的四折傳奇罷？我曾走過、悲過、喜過、並且深深愛過。由一個愛笑易怒的孩子，變成此刻在深夜守候一壺熱茶，無端沉思緣起緣滅的索居者。如果這十年是書，那麼在封面與封底的月色之間，確有長長一段情節是不宜用文字來註解清楚的，也許我的沉默與微微的憂慮可以提供一些罷？

好了，水已沸了。我打算獨飲一杯澀澀微甘的清茶叫「歲月」，你呢？

何時該你？

就〈那年〉而言，無論視之為散文、散文詩或詩散文，節奏的突出應毋須爭論。本文將抽象的童年追憶具體化，甚至顏色化了，主要段落間頂針式的銜接足見作者匠心，而末句輕輕一點，三十年的悠悠歲月瞬間逼人感慨。第二段的節奏全由「AA 是一種 BB 的顏色」構成，第三段末變為「A 的時候 B 變成 C」，末段再變為連續的疑問句型，節奏構成較複雜。平心而論，這篇優美的短文就文類的一般標準區分，當在散文與詩之間，甚至亦介於散文詩與詩散文之間，若強歸諸某一文類，怕都易引起沒有結論的爭辯，反不如以「節奏性越強的散文，越接近詩」的角度判別，或更能以簡御繁，直指本心。

〈十年明月〉則係筆者多年前寫詩之餘，應邀所寫的抒情隨筆。今日回顧這篇副產品式的散文，深覺習慣寫詩手藝的筆，轉化在散文上的詩化痕跡：篇幅自然趨短，側重意象塑造（文中「宛如一隻手臂自記憶幽微處橫伸過來，為我一頁一頁翻閱，也許是跌宕起伏、也許是山石泉鳥之類的往事……」，並以之貫串後半篇）。有些讀者客氣恭維「讀起來像詩歌一樣！」當日原本自然地以詩的技藝處理散文，卻不意在節奏上收割。──節奏性越強的散文，越接近詩。

## 5.1.7　議題討論

一、　從形式、題材、表現方式探討一行詩的特質。

二、　現代詩與散文有何區別。

三、　一行詩與廣告句的異同。

四、　如果你想寫一行詩，你會怎麼構思？

五、　本單元的一行詩，你覺得最好的是哪一首（哪幾首）？為什麼？請試著與同學互相出題競寫，看誰寫得最出色。

## 5.1.8 習作

# 一、一行詩創作

| 班級 | | 姓名 | | 學號 | | 評分 | |
|---|---|---|---|---|---|---|---|
| 題目：從食、衣、住、行四面向找出題材，構思題目，各完成一首「一行詩」。 | | | | | | | |

| | 題目： |
|---|---|
| 食 | |
| | 題目： |
| 衣 | |
| | 題目： |
| 住 | |
| | 題目： |
| 行 | |

# 二、一行詩與配圖

| 班級 | | 姓名 | | 學號 | | 評分 | |
|---|---|---|---|---|---|---|---|

題目：從本單元中，選兩首一行詩，將題目與詩句謄寫下方，再為此詩，畫上插圖，使詩與圖相得益彰。

詩題：

詩句：

圖：

詩題：

詩句：

圖：

# 5.2 | 隨筆浪漫網路文學

廖慧美 編撰

## 5.2.1 解題

### 一、網路文學簡介

　　何謂網路文學？簡言之，是以網際網路（Internet）[1]為平台，創作和發表的作品，而作品仍須具有文學特質[2]，才能稱之為網路文學。這類創作運用了網路特點，如訊息互動、多媒體等，創造出具有個人風格的文學形式。網路文學的出現拓寬了文學的表現形式，也帶給讀者更多的體驗方式。網路文學的特徵包括：一、使用網路技術，如超文本、即時通訊等；二、創作和閱讀更為互動，具有多元化和即時性；三、網路文學作品往往具有開放性，可以進行擴展和修改；四、以網路為背景，將網路文化和網路社交等元素融入作品中；五、探索和表現網路時代的生活面向和社會狀態。

　　在網路上寫作仍須注意遵守一定的規範[3]，以確保文章的質量和影響力。互聯網寫作需要考慮到讀者的需求和喜好，並適應網路環境的特點。此外，寫作者須要具備較強的資訊選擇和處理能力，以確保文章的準確性和客觀性。總的來說，在網路上寫作須要兼顧讀者的需求、文章的質量和寫作者的專業能力。

### 二、Facebook 創作 Q&A

　　由於本課兩篇作品發表在作者臉書，為呈現網路創作特點，所以本課解題採用「訪談問答」方式呈現。從作者侃侃而談中，不難發現網路創作的特質。此外，作者發表時附帶優美圖片（圖片皆依照引用規範，標示出處；且不做商業行為，純粹個人作品之佐圖），與作品相輔相成，堪稱賞心悅目。課文不附圖，是遵守商業智慧財產權規範。

---

[1] Internet 名稱之使用係泛指以 TCP/IP 為通訊協定所架設之網路。

[2] 老舍〈文學概論講義〉第四講「文學的特質」中概括了文學三大特質：感情、美、想像。參見老舍作品集：https://millionbook.net/mj/l/laoshe/wxgl/index.html。

[3] 網際網路的規範，可參考維基百科資料，分為分為技術規範、使用規範、社會規範及網路禮儀等。

問：寫作時的動機（創作起源，為什麼寫這兩篇？）

答：人生可寫得太多，個人經驗與普遍經驗都有難寫處：個人經驗要共鳴不易，普遍經驗要翻出新意更難；「愛情」與「飲食」怕是較符合校園讀者的題材吧？「愛情」要寫得迴腸蕩氣非小說不可，要成為心靈燈塔就得長篇大論，把愛情小說當教材、或把愛情探討寫成夾議夾敘夾抒情，智者不為，所以我選擇飲食，我愛吃。湯麵與貢丸，在似無可說之處能柳暗花明，多有趣。

問：如何構思，如何選圖？

答：湯麵與貢丸嚴格說都算「詠物」，我以自己的經驗迴環描繪，也添點趣味性，期望能寫出「意料之中」，也能在讀者的「意料之外」。至於選圖，網路文學極看重「詩畫相發」，好圖能給讀者美感、引動，甚至啟迪；我對自己的相機與技巧缺乏信心，但網路上的美圖（尤其是商業攝影）多了，平日分類存檔、註明出處，需要時自然不缺。

問：有讀者反饋嗎？

答：當然有，「私媒體」的樂趣在此：發表方便，回饋直接。這兩篇我都貼在臉書，臉友們對吃的共鳴性高，自然熱鬧得很。不過多半不陌生，隨手褒貶兩句，不宜當真。一當真就成鍵盤鄉民了。

問：如何欣賞？

答：這個標題太嚴肅了，網路文學第一要義就是輕鬆，至少儘量輕鬆。人生奧義或「文以載道」有期刊雜誌可以正襟危坐。當然，輕鬆並非瞎扯胡寫，能否深入淺出、遣詞用字、有可讀性，還是很考驗作者的。對我而言，最大的考驗是「動人」及「餘味」。

## 5.2.2　作者

沈志方，1955 年生，浙江省餘姚縣人，眷村子弟。東海大學中文系、所畢業。曾任教於東海大學中文系及本校應用華語文系，今已退休。教授現代詩課程約三十年。

自 1986 年起即教授現代詩，曾獲東海文藝創作比賽散文首獎一次、現代詩首獎兩次、創世紀四十週年詩創作獎。著有詩集《書房夜戲》、《結局》、論著《漢魏文人樂府研究》等，詩作入選兩岸多種詩選及爾雅版年度詩選九次。

創作以現代詩、散文為主，擅長融鑄中國古典文學於現代。早期注重結構布局之跌

宕，講究遣詞用字之驚奇與餘韻；後期則隨性書寫對生活的深沉感受與人生之觀照，退休後寄情書法與生活隨興短文，圖文並茂，發表於自己臉書，或電子報刊。

多年寫詩教詩、創作與教學，他定義一首好詩，必須通過「立即的驚喜」與「沉思的回味」兩項考驗；對網路作品則認為「輕鬆」之餘須兼具「動人」及「餘味」。

## 5.2.3 課文

# 麵，湯麵

### 沈志方

　　家母是瑞芳人，故從小所吃皆湯麵也。中學偶爾外食，方知有麻醬麵可選，也好吃，但麻煩，總要索討一碗清湯「原湯化原食」。那年頭，「老闆，陽春麵加滷蛋！」曾是多少學生的豪奢宣言。

　　麵的好吃全在筋性與湯頭。我素來愛吃湯麵，簡單方便，能納百味於一大碗，吃時吸哩呼嚕，齒牙舌開合間嚼出一片生機，絕對不知有漢，無論魏晉！曾有長輩告誡曰：「食不出聲！你這吃法也太粗魯了……」後來讀吳魯芹〈喝湯出聲辯〉，遂引為知己；我對日本拉麵惡感不多，也因它們膽敢不顧「國民生活禮儀須知」，居然鼓勵大聲吃麵！

　　麵條本身只有口感，故麵要好吃，湯頭第一。豬、牛、雞、羊等骨肉，與魚貝介俱可入鍋慢燉出無上滋味，再以水果洋蔥蕃茄提味，ㄚ，口口都是瓊漿玉液，有時勾點薄芡濃縮……哎呀呀，這次第怎一句「しい Oishī（好吃）」了得！

　　濃香痛快，清淡雋永，我吃麵從來不是偏執派。切仔麵加一小勺豬油兩片精肉一點韭菜，窸窸窣窣多香多美多滑溜！而紅燒牛肉麵的半筋半肉、清燉湯頭的甘甜入魂，分組比賽是牛肉麵節評審的事，我這不必——一次兩碗，讓它造反！至於打滷麵排骨酥麵餛飩麵雞絲麵蹄花麵榨菜肉絲麵意麵……乃至泡麵，只要用心，都有勾魂之處：我甚至懷疑，古龍是不是半夜酒殘人散、吃完泡麵後，才創造出「楚留香」這個角色！要加烏「醋」，碗底方能「留香」！

梁實秋先生〈麵條〉中曾說：「我有一個妹妹小時患傷寒，中醫認為已無可救藥，吩咐隨她愛吃什麼都可以，不必再有禁忌，我母親問她想吃什麼，她氣若游絲地說想吃炸醬麵，於是立即做了一小碗給她，吃過之後立刻睜開眼睛坐了起來，過一兩天病霍然而愈。炸醬麵有超死回生之效！」

末句畫龍點睛，我雖不至得出「炸醬麵可治傷寒」的神醫級結論，但梁家小妹吃麵前後如在眼前……，小小人兒纏綿病榻，頓頓藥汁苦水，營養失衡，我猜她是餓的！

據說愛吃麵的人只吃「抻麵」（音ㄔㄣˉ，用手拉的意思，故又稱拉麵），絕不吃機器製的「切麵」，遑論烘乾的掛麵。有時我半夜「窮凶餓極」，哪管抻麵切麵掛麵泡麵，能吸哩呼嚕安撫靈魂的就是好麵，我可不做梁家小妹，那多冤！

〈後記〉

吃麵就是吃麵，自家餐桌家常事耳，哪需故作深奧？小時攤車的切仔麵頂多就用豬大骨熬，還不是清甜如斯？動輒加 A 加 B 加 C 熬多少小時，可能真有神秘處，但能不死貴乎？日本常有「拉麵尋根之旅」，尋了幾十年還不是機器切麵？怎不抻兩把蘭州二細以為國寶？重點在「揉」，且麵粉裡別亂加東西才是王道，這點鼎泰豐楊紀華老闆感受應最深。

我對海峽對岸的麵能欣賞的不多，重油重辣重調料，知名如重慶小麵，白麵拌上十幾種調料，一盆吃進多少澱粉味精辣油？我只有膽戰心驚的份！老北京炸醬麵呢？黑糊糊油亮亮一大坨……，飲食習慣不好爭辯，也沒對錯。幸好還有蘇州寬湯麵令人安心，本文原只想寫一碗蘇式麵的，色衰肉弛嘴碎，寫了半天居然還沒寫到，亦嘮叨之尤也，善哉。

＊本文由沈志方先生授權使用。

心得寫作

# 摃了又貢的丸——
## 自閉抗疫，何以解饞？寫篇貢丸

沈志方

新竹有三寶，按我吃到的時間順序，花生醬、米粉、貢丸。

以前交通不便，物資流通慢，我直到18歲才吃到第一口新竹同學帶來的花生醬，只覺鼻腔舌間全是濃縮的花生風華，一時呆若木雞，下意識想整罐抱在懷裡拿湯匙挖！

米粉到處有，我家在板橋擺米粉攤，當然常吃，但新竹米粉的米香與爽脆絕對不一般，沒九降風你就明顯差一籌。——後來各地美食吃多了，對花生醬與米粉才漸能以平常心看待，但新竹貢丸之Q彈扎實，迄今似仍無抗手。「唰！」牙齒斷開丸身的那個勁兒，斷開後的扎實醇美，國語的「爽口」，台語的「刷嘴」均不足以形容⋯⋯。煮時看丸子在高湯裡慢慢晃動膨脹，油花由「毛細孔」點點滲出，再撒把芹菜末兒，哎這次第，何以解饞？唯有貢丸！

「貢」丸，是擬音字，捶打之意；「摃」該算形聲字，左形右聲？反正怎麼寫都無損該丸英名！至於起源，民間美食真不必牽強附會，今日閩、粵兩省均有捶打攪拌豬肉魚肉之丸，香港還有撒尿牛丸和魚蛋，東南亞有⋯⋯，胡適的 Motif 歌謠研究法可以一試，然流傳既久且廣，傳說隨時地而增添附益，自不必盡信。美食家唐魯孫曾說：「傳說當年嘉慶君遊臺灣，在新竹吃了這種美味，讚不絕口，後來成了臺灣的貢品，所以叫貢丸。」，又有人說乃日據時期某次廚藝比賽，肉丸奪冠云云⋯⋯。知道即可，以為談助固美事也，視為史實則不免刻舟求劍了。

至於明末清初，孝子（或孝媳）為家中愛吃肉又咬不動的老人發

明此物，我只能笑……，誰看見啦？咬不動紅燒肉能咬貢丸？嗯，那一定是「肉末軟丸」（揚州獅子頭？那故事又長了）。——我不免細思，將肉切絲、切丁、剁碎不稀奇，但在哪一種情形下剁成泥、擂成糜狀，而一步跨進貢丸的雛形？是某個心事重重的廚師、還是剛被責打含怨捶肉的小徒弟？他們忘了原有工序而一再重複，卻成就一道美食……

哎，就那麼一顆丸子，哪來那麼多故事？無他，好吃耳。

好吃到成為全台知名美食，量產與保鮮、運輸是關鍵，埔仔頂黃海瑞於 1961 年改良打鐵機來捶打豬肉，將「活肉」（新鮮溫體豬肉）加鹽「擂潰」打成肉漿，利用蛋白質的鍵結性形成網狀結構，造成彈性口感，更讓每天 20 台斤的產量變為 500 台斤，吸引許多店家批貨販售，才讓貢丸逐漸走進千門萬戶，在兩岸「貢丸發展史」上，新竹這章絕對璀璨而無可替代！加上 60 － 70 年代市政府的推廣、標準化工藝、冷凍技術與運輸手段精進，新竹貢丸不僅獨步全省，甚至可稱為「國之佳餚」！

以前新竹人愛吃貢丸麵，湯清麵好，再加顆貢丸，給人餘味不盡之感。現代人富裕，煮貢丸湯時一倒至少半袋，貢丸是溫體豬肉精製，要香要新鮮要筋道，連吃三顆以上不免濃出肉腥味兒，故香菇貢丸、養生貢丸（當歸、紅麴、枸杞、客家福菜、深海墨魚汁）、素貢丸……不斷變化風華，以渡十方口味。當地人嫌冷凍後風味稍差，居然非排隊買現場出鍋者！

我愛純肉貢丸，偶嫌蘿蔔湯素淡，則不免仿牛肉細粉煮食，或加咖哩起司調理……深夜一碗，神形俱受安撫，善哉……

（我又成功的把自己寫餓了，阿米豆腐）

* 本文由沈志方先生授權使用。

## 5.2.4 習作

# 一、網路美食家

| 班級 | | 姓名 | | 學號 | | 評分 | |
|------|--|------|--|------|--|------|--|

題目：選一家你覺得最好吃的麵，拍照，品嚐，並寫一篇 300 字的推薦短文。

## 二、飲食評論家

| 班級 | | 姓名 | | 學號 | | 評分 | |
|---|---|---|---|---|---|---|---|

題目：貢丸的特色是什麼？與魚丸、肉丸（圓）相比，你會首選吃哪樣？為什麼？
　　　你的家鄉有值得推薦的小吃嗎？

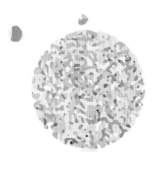

單元 6

# 體察力

6.1

6.1 換位／陳惠美、趙惠芬 編撰

中山狼傳／馬中錫

# 6.0 | 導讀

陳惠美、趙惠芬　導讀

## 6.0.1　體諒力＋洞察力＝體察力

體察力是在《大學文學錦囊》就已有的單元，此次仍沿用，不過，做法與說法稍有差異而已。

體諒，指能設身處地為他人著想。而具有體諒力的人，經常被稱為是善解人意的。我們在成長過程中，逐漸強化自主意識，也建構了自己的人格，在面對不同狀況，甚而常保有一貫的理念；不過若是強調自我過頭了，將流於本位主義。

換位思考，跳脫自己堅持的想法，站在對方的立場，將心比心，設想自己如果在這樣情況下，將會如何處理。或許就可避免各自堅持，互不相讓而無法溝通，終至事不成、情不存。

這很難嗎？或許體諒，是本性，更來自於訓練。是本性，人皆有惻隱之心，換成對方立場，能同情；訓練則可能來自家庭的叮嚀、學校的教導。因而，在不同的訓練下，有些人善良而體貼，有些人固執而自大。

有時你主動地考量對方的立場，體現將心比心的做法，未必換得對方的善意互動。甚而會出現無限擴大自我意識，甫說好好溝通，易地而處，他要的是別人聽從，全然站在自己的角度思考、發言。那麼，還要繼續體諒？此時，能否分析互動過程，了解人、事脈絡，做出適當的回應，就非常重要了。

洞察力，指人能透過敏銳的觀察、演繹、辨別，掌握事物或問題核心的能力。人際互動中，時而針鋒相對，各有立場；時而一方放棄堅持，換位思考，化為具體行動，對方也能體察，或許真能雙贏。若是將心比心，已經言行體貼，而換來的是對方的得寸進尺。那掌握對方處事本質後，是否該早早敬而遠之，避開後續的困擾與糾葛呢？

本單元選擇〈中山狼傳〉，透過東郭先生和中山狼的各說各話，盼望同學了解各有立場，沒有交集的情況後，能試著互換立場（包括三老），獨立思考，找出癥結，進而有自己判斷的結果。

# 6.1 | 換位

陳惠美、趙惠芬　編撰

## 6.1.1　解題

　　本文選自《東田文集》，是篇寓言。它寫了一個迂腐的墨者東郭先生救了一隻走投無路的狼，而狼一旦脫離了險境，就露出本性，企圖吃掉救命恩人。本文以狼喻惡人，用意在於提醒人們對於惡人絕不能講仁慈。前人以為這個寓言是諷刺李夢陽對康海的忘恩負義。明武宗時，李夢陽因代人起草彈劾宦官劉瑾而下獄，劉瑾欲置之死地。李夢陽託人請劉瑾的同鄉、狀元康海解救他。康海向劉瑾說情，李夢陽獲釋。劉瑾敗後，康海因為與劉瑾有聯繫，被指為劉瑾黨羽而削職。這時李夢陽卻沒有救助他。馬中錫與康海交好，因此有人認為這篇寓言是諷刺李夢陽的。康海也寫過一齣〈中山狼雜劇〉。但也有人認為這個說法是種附會。

　　本課採取東郭先先和中山狼各自從自己視角解釋事情始末，而後設定幾個議題，讓學生深思，以求達到換位思考的目的。

## 6.1.2　作者

　　馬中錫（1446-1512 年），字天祿，號東田，明朝直隸故城（今屬河北省）人。文學家、明朝官員。

　　馬中錫，幼年時，父下獄論罪，急於奔走，終使其父洗盡冤屈。成化十年（1474年）順天鄉試第一名舉人，成化十一年進士，任邢科給事中。在任內屢次彈劾權貴，甚至被杖責，仍守其職分。官至右都御史、兵部侍郎。曾統兵鎮壓劉寵（劉六）、劉宸（劉七）叛亂，曾試圖招撫兩人，以瓦解叛軍；最後失敗，為朝廷論罪，下獄死（事蹟見《明史》卷 187〈馬中錫傳〉）。

　　能詩文，有《東田集》（文五卷、詩十卷）傳世。

## 6.1.3 課文

# 中山狼傳

### 馬中錫

　　趙簡子[1]大獵于中山[2]，虞人[3]道前[4]，鷹犬羅後[5]。捷禽鷙獸[6]應弦而倒者不可勝數[7]。有狼當道，人立[8]而啼。簡子垂手[9]登車，援烏號[10]之弓，挾肅慎[11]之矢，一發飲[12]羽[13]，狼失聲而逋[14]。簡子怒，驅車逐之，驚塵蔽天，足音鳴雷[15]，十里之外，不辨人馬。

---

1　趙簡子：春秋後期晉國大夫。名鞅。「簡」是諡號。實際上是晉之執政者。本篇係寓言，假託人物，非有其事。

2　中山：春秋戰國時諸侯國名。今河北省定縣一帶。

3　虞人：管理山澤苑囿的官吏。

4　道前：即導前。在前面做嚮導。

5　鷹犬羅後：攜帶鷹犬的隨從成隊地跟在後面。

6　捷禽鷙獸：敏捷的飛禽、凶猛的野獸。

7　不可勝數：多得數不清。

8　人立：像人一樣直立。

9　垂手：向手心吐唾沫，表示將要做什麼事。形容見獵心喜的樣子。又「垂手」指垂下手，形容輕鬆、從容。

10　烏號：古代有名的好弓。傳說中用桑枝製成的一種良弓。

11　肅慎：古代國名（現在吉林省境內），出產名箭。以射程遠著稱。

12　飲：沒。

13　羽：箭的尾部，裝有羽毛。「飲羽」二字形容箭的深入，簡直連尾羽都幾乎沒入。

14　逋：逃。「失聲而逋」：痛得叫不出聲音而逃竄。

15　足音鳴雷：腳步聲很響，好像打雷一樣。形容人眾氣勢很盛。

　　時墨者 [16] 東郭先生 [17] 將北適 [18] 中山以干仕 [19]，策 [20] 蹇 [21] 驢，囊 [22] 圖書，夙行失道 [23]，望塵驚悸。狼奄 [24] 至，引首 [25] 顧曰：「先生豈有志於濟物 [26] 哉？昔毛寶放龜 [27] 而得渡，隋侯救蛇而獲珠 [28]。龜蛇固 [29] 弗靈 [30] 於狼也。今日之事，何不使我得早處囊中以苟延殘喘乎？異日倘得脫穎而出 [31]，先生之恩，生死而肉骨 [32] 也。敢不努力 [33] 以效龜蛇之誠！」

---

[16] 墨者：信仰墨子學說的人。墨子學說主張兼愛。

[17] 東郭先生：古代寓言中常用的人名。東郭，複姓。

[18] 適：往、到。

[19] 干仕：求官做。干，求。

[20] 策：馬鞭，這裡用做動詞。用馬鞭趕。

[21] 蹇：跛足，這裡指行動遲緩。

[22] 囊：（用袋子）裝著。作動詞。袋子中裝著圖書。

[23] 「夙」行：早晨。失道：迷路。清晨趕路而迷了路。

[24] 奄：忽然。

[25] 引首：伸長脖子。形容盼望的樣子。

[26] 濟物：此處意為周濟萬物。做好事。

[27] 毛寶放龜：晉代毛寶曾放生白龜，後來毛寶兵敗投水，得白龜之助而免於溺死。見《搜神記》。

[28] 隋侯救蛇而獲珠：淮南子覽冥訓注，周時隋侯出行，看見一條大蛇受傷，給它敷藥治好了，後來那條大蛇從江裡銜出一顆大珠子來報答他。

[29] 固：本來。

[30] 弗靈：沒有聰明。

[31] 脫穎而出：穎：錐子的尖。口袋中的錐子穿透口袋露出尖來。比喻展露才華，出人頭地。本來比喻顯示才能傑出，此處故意取其字面之意，謂脫離危險。這是狼化用戰國毛遂的話來表示如能脫此災禍，日後重新出頭。

[32] 生死而肉骨：生、肉都用作動詞。使死者復生，使白骨長出肉來。形容恩德之大，意近於「恩同再造」。

[33] 努力：通「勠力」。

心得寫作

先生曰：「嘻！私³⁴汝狼以犯世卿³⁵，忤³⁶權貴，禍且不測³⁷，敢望報乎？然墨之道，『兼愛』為本³⁸，吾終當有以活汝，脫³⁹有禍，固所不辭也。」乃出圖書，空囊橐⁴⁰，徐徐焉實狼其中⁴¹，前虞跋胡，後恐疐尾⁴²，三納之而未克。徘徊容與⁴³，追者益近。狼請曰：「事急矣！先生果將揖遜救焚溺，而鳴鑾避寇盜⁴⁴耶？惟先生速圖！」乃跼蹐⁴⁵四足，引

---

34　私：偷偷庇護。為著庇護你這狼而冒犯了世代的大貴族。

35　犯世卿：冒犯了當大官的人。世卿：世代為卿的人，指趙簡子。他是趙盾的後代，好幾代都在晉國作卿。春秋時貴族的官職世代相襲，故稱。犯，干犯；冒犯。

36　忤：觸怒。違犯。

37　禍且不測：禍患尚且不能測料。且，尚且。

38　兼愛為本：以兼愛為根本。墨子中有兼愛闡述這種主張。兼愛，廣泛的愛。本，根本。

39　脫：即使。若也。

40　囊橐：盛物的布袋。橐原為無底的袋子，可以在兩頭紮起。

41　焉實狼其中：把狼裝入袋中。實，充實。這裡是裝入的意思。

42　前虞跋胡，後恐疐尾：虞，擔憂。跋：踐踏。胡：頷下的垂肉。疐：阻礙。通「躓」。形容進退兩難。見《詩經·豳風狼跋》：「狼跋其胡，載疐其尾。」原意是狼前進就踩住自己的胡，後退就倒在自己的尾巴上。這裡謂東郭先生非常小心地裝狼，唯恐損傷了牠。

43　徘徊容與：動作緩慢。形容猶豫不決。容與，原指從容不迫。

44　揖遜救焚溺，而鳴鑾避寇盜：解救將焚將溺的人，事情緊急，不必行禮如儀，請教姓名；逃避寇盜，應力求迅捷，豈可乘坐華麗的鳴鑾之車。比喻行事拘泥固執，不知變通。在救火、救人落水時還揖讓謙遜，躲避強盜時還鳴響車鈴。比喻人遇事不分緩急，迂闊害事。揖遜，揖讓謙遜。鳴鑾，響鈴。鑾，馬勒上的鈴。

45　跼蹐：蜷曲。

繩而束縛之，下首[46]至尾，曲脊掩胡[47]，蝟縮蠖[48]屈[49]，蛇盤龜息[50]，以聽命先生。先生如其指[51]，納[52]狼於囊。遂括[53]囊口，肩舉驢上，引避道左[54]，以待趙人之過。

　　已而簡子至，求狼弗得，盛怒。拔劍斬轅[55]端示先生，罵曰：「敢諱[56]狼方向者，有如此轅！」先生伏躓[57]就地，匍匐以進[58]，跽[59]而言曰：「鄙人不慧，將有志於世，奔走遐[60]方，自迷正途，又安能發

---

[46] 下首：將頭低俯。下，作動詞用。把頭彎下來湊到尾巴上。

[47] 曲脊掩胡：彎曲背部，以包覆頭部。

[48] 蠖：尺蠖。桑樹上的一種蟲子。

[49] 蝟縮蠖屈：如同刺蝟的縮起身子，像尺蠖的爬行那樣身子屈起來。蠖，尺蠖。桑樹上的一種害蟲，前進時身子一屈一伸。

[50] 蛇盤龜息：像蛇那樣盤起來，像龜那樣屏住呼吸。

[51] 如其指：依照它的意思。指：旨。

[52] 納：裝入。

[53] 括：結，扎上。

[54] 引避道左：退避到路邊。道左，路旁。

[55] 轅：車前駕牲口的部分，駕車用的直木或曲木。壓在車軸上，伸出車子的前端。轅端，車轅的頂端。

[56] 諱：隱瞞。

[57] 伏躓：趴下。躓：絆倒。

[58] 匍伏以進：向前爬行。匍伏，爬行。

[59] 跽：長跪。

[60] 遐：遠。

狼蹤，以指示夫子之鷹犬也！然嘗聞之，『大道以多歧[61]亡[62]羊』。夫羊，一童子可制也，如是其馴也[63]，尚以多歧而亡；狼非羊比，而中山之歧，可以亡羊者何限？乃區區[64]循大道以求之，不幾於守株緣木[65]乎[66]？況田獵，虞人之所事也，君請問諸皮冠[67]；行道之人何罪哉？且鄙人雖愚，獨不知夫狼乎？性貪而狠，黨豺為虐[68]，君能除之，固當窺左足[69]以效微勞，又肯諱之而不言哉？」簡子默然，回車就道。先生亦驅驢，兼程而進。

---

61 歧：岔道。大道以多歧亡羊：大路上岔路多而多丟失羊。這是引用列子說符第八的故事：楊朱的鄰居丟了羊，帶了許多人去找，又請楊朱的小孩也幫忙找。楊朱說：丟了一頭羊，那用得著這麼多人去追？鄰居說：因為岔路很多。等到追趕著回來，楊朱問：找到了羊嗎？回答說：「丟失了。」楊朱問：「怎麼丟失的？」回答說：「岔路之中又有岔路，不知道該往那條路走，所以回來了。」

62 亡：逃、丟失。語見《列子・說符》。

63 如是其馴也：像這樣的溫馴。

64 區區：僅僅。

65 守株待兔，語見韓非子五蠹，宋國有個農夫，田中有棵樹，一天他看到有頭兔子跑過來撞到樹幹上，折斷脖子死了。他就放下農具一直守在樹邊，希望能夠再得到兔子。兔子不可能再得到，他也成了個笑料；緣木求魚，爬到樹上去抓魚。語見《孟子・梁惠王上》：「以若所為，求若所欲，猶緣木而求魚也。」守株、緣木，比喻行動和目標不一致，必將徒勞無功。比喻不可能。

66 不幾於守株緣木乎：不近乎守株待兔、緣木求魚了嗎。幾於：近似於。

67 皮冠：古代田獵時所戴的帽子，這裡是狩獵官的代稱，即虞人。虞人戴皮冠。

68 黨豺為虐：與豺結伙來害人。黨：結黨、合夥。豺：與狼同屬犬類。身體以狼瘦小，性凶猛，喜群居。因為豺與狼同是貪殘凶猛動物，又是同類，所以常常豺狼並稱。為虐：作惡。

69 窺左足：意思是舉一下足奉獻一點力量。表示略盡一點力量。窺：同「跬」（ㄍㄨㄟˇ），半步。跪伏於坐右，古時侍從立於主者坐右，聞命即跪伏；主者坐位之右即左足。

良久，羽旄[70]之影漸沒，車馬之音不聞。狼度[71]簡子之去遠，而作聲囊中曰：「先生可留意矣！出我囊，解我縛，拔矢我臂[72]，我將逝[73]矣。」先生舉手出狼。狼咆哮[74]謂先生曰：「適[75]為虞人逐，其來甚速，幸先生生我[76]。我餒甚[77]，餒不得食，亦終必亡而已。與其饑死道路，為群獸食，毋寧[78]斃于虞人，以俎豆[79]於貴家。先生既墨者，摩頂放踵[80]，思一利天下，又何吝一軀啖我[81]而全微命乎？」遂鼓吻奮爪[82]以向先生。先生倉卒以手搏之，且搏且卻，引蔽驢後，便旋[83]而走。狼終不得有加於先生[84]，先生亦極力拒，彼此俱倦，隔驢喘息。先生曰：「狼負我！狼負我！」狼曰：「吾非固欲負汝，天生汝輩，固需我輩

────────────

70 羽旄：一種軍旗，旗竿上裝釋有雉尾或犛牛尾。

71 度：估計。

72 拔矢我臂：將我前腿上的箭拔去。臂，指前腿。

73 逝：往，離去。

74 咆哮：指猛獸怒吼。

75 適：方才。

76 生我：使我生；救活我。

77 餒甚：餓得很。

78 毋寧：不如。

79 俎豆：都是古代盛食品的器具，俎為青銅器，古代盛牛、羊等用，豆為陶製或木製的器具，也有青銅製；形似高足盤，盛放有醬汁的食物用。此處作動詞用。作為貴人之家的供品。

80 摩頂放踵，思一利天下：這是孟子評論墨者的話，語見《孟子·盡心上》：「墨子兼愛，摩頂放踵，利天下為之。」意思是說自我刻苦，造福天下。摩頂放踵：從頭到腳無處不損傷，形容不辭勞苦，一心服務人群。放：至；踵：腳跟。

81 啖我：使我啖，給我吃。啖，吃。

82 鼓吻奮爪：張牙舞爪。形容想吃人時的凶相。鼓吻：動嘴。

83 便旋：通盤旋，迴繞。便旋而走：回轉著跑；兜圈子而跑。

84 有加於先生：佔先生的上風。加：超過、勝過。

食也。」相持既久，日晷[85]漸移。先生竊念：「天色向晚，狼復群至，吾死已夫！」因紿[86]狼曰：「民俗，事肄必詢三老。第行矣[87]，求三老而問之。苟謂我可食，即食；不可，即已。」狼大喜，即與偕行[88]。

---

85 日晷：日影。日晷漸移：日影漸漸西移。表示時間既久。日晷：日影。

86 紿：欺騙。

87 第行矣：只管往前行。第，通「但」，只管。

88 偕行：同行。

## 6.1.4 閱讀引導

## 【各說各話】

### 一、中山狼傳之我是東郭先生（趙惠芬 編撰）

　　我就是從狼口逃生的東郭先生。話說那一天我趕著一頭毛驢，揹著一口袋書，到一個叫中山國的地方謀求官職。走著走著迷路了，看見前方塵土飛揚，不禁心驚膽跳，突然，一隻帶傷的狼竄到我面前，向我求救，激發了我濟世助人的大志，還說了「毛寶放龜」、「隋侯救蛇」的典故，信誓旦旦地要報答我，我權衡著，庇護狼卻忤逆了權貴，災禍將難以預料，哪裡還敢希望得到回報呢？我當然知道狼心野性，但是看到這隻受傷的狼，一時間憐憫之心油然而生，又想到墨家以兼愛為根本，身為墨者當身體力行不容我見死不救，即使會有災禍，也沒什麼好推辭的。於是把圖書拿出袋子外，讓袋空了出來，我小心翼翼地將狼裝到裡面，裝了三次都沒有成功，狼見我笨手笨腳、猶豫不決，又說了「揖遜救焚溺，而鳴鑾避寇盜」的話語，同時蜷縮著肢體指點我，把牠裝進袋子裡，我退避到路的一邊，等候趙簡子經過。

　　不久趙簡子來了，因為找不到狼，憤怒當拔出寶劍砍車轅的前端破口大罵說：「膽敢隱瞞狼的方向的人，就會像這個車轅一樣！」我聽了趴倒在地瑟瑟發抖，匍匐前行，滿滿求生慾地說自己蠢笨得迷路了，又怎能發現狼的行蹤呢？再以歧路亡羊比擬，溫馴的羊因岔路多而無法找回，要在偌大的路找狼的事應該去問問對路況熟悉的狩獵官。最後，為了取信趙簡子，我徹底跟狼撇清關係，指出狼的本性貪婪又狠毒，和豺結伴為惡，若能消滅掉他，也願意奉獻微小的力量，又怎麼會隱瞞事實而不說呢？趙簡子好像相信了回到車裡上路走了。

　　騎馬聲遠去之後，狼就央求我把牠放出來。我經不起狼的花言巧語，把牠放了出來。不料，狼卻嚎叫著露出了邪惡本性，說著什麼「摩頂放踵思一利天下，又何吝一軀啖我而全微命乎」的混道理，要我讓他吃，接著張牙舞爪地撲向我。我慌忙閃躲，空手跟狼搏鬥，竭力抵抗之際，悔恨交加地喊著：「你忘恩負義！你忘恩負義！」這是生死之戰，我可不能讓狼占上風，但是天色漸晚，萬一狼群出現我就死定了啊！心生一計總要一搏吧！我對狼說：「按照民俗，事情決定不下來就必定詢問三位老者。我們就找三位老者來決斷。」

　　我試圖求助輿論（老杏、老牸）主持公道，無奈我的運氣並不好，二者都是一生受盡主人壓榨卻遭無情背棄，心中充滿著仇恨和嫉妒，用自己的不幸來論證我也不該擺脫不幸的命運，此時的我屈居下風，那頭狼則是得意猖狂，我的好心成了驢肝肺，來不及悔恨，只能等待真正可以還我公道的人出現……遠遠望見一位拄杖老先生，看樣子是個

有品行、識見的人。我奔向前去，哭著訴說自己好心救狼卻慘遭背叛的悲慘境遇，也得不到老杏、老牸主持正義，現在只能懇求老人家救我了。那頭狼竟然巧辯說我要害他，我的善良被他白白糟蹋呀！這個老人家果然是智者，要我們重新演練一遍過程，最後成功把恩將仇報的狼捆回袋裡。老人示意我拿匕首刺狼，我還有些遲疑，最後在老人「仁陷於愚，固君子所不與也」的勸戒下動手殺了那頭狼。

作者用這個故事把我寫成了一個不辨是非而濫施同情心的人，但細細檢視這一個過程，我始終就是那個秉持兼愛以對的墨者，冒著被趙簡子殺害的危險救了狼，卻慘遭背叛險些喪命，面對禽獸，常人的道理似乎失效了，老杏、老牸處境堪憐，怎麼可以因自身遭遇而移植自己的不幸，無法主持公道呢？我還是得感謝拄杖老人的仗義讓我狼口逃生，有命可以表達我的想法。

## 二、中山狼傳之我是狼（陳惠美 編撰）

這篇文章名為〈中山狼傳〉，我是主角，對吧？但目前看到的，都從人的角度評論狼的狡猾，加上東郭先生的迂腐。我承認我算狡猾；不過事情的始末，沒人要問我這個當事人，沒有平衡報導，就看不到真相，不是嗎？

故事開頭，趙簡子狩獵，大隊人馬，有虞人開道，還讓鷹犬隨後。可我人立而啼，就只是強調這是我的地盤。或許這個行為，被趙簡子視為挑戰，就把狩獵目標轉向我。好吧，我不小心被射中，痛到叫不出聲；當然保命為要，先逃再說。只是趙簡子那陣仗，人多勢眾，車馬、人力、鷹犬，多到「十里之外，不辨人馬」。唉！都說狼性兇殘，這種懸殊對照，到底誰兇殘啊？

我被追到快要喘不氣來，恰巧遇到早起趕路、也被趙簡子大軍擾動嚇到的東郭先生。我趕快向他求救，腦袋裡想得到的和救命報恩有關的訊息，加油添醋全搬出來，盼望他能讓我躲一下。東郭先生，說了些理由，顛顛倒倒，聽不太懂，總之他願意救我了。接下來，讓我快急死。他把袋子清空，慢慢地要把我放進去書囊。他似乎怕傷到我，放了三次都沒辦法讓我躲好。眼看敵人要來了，我趕緊跟他曉以大義，展現我軟Q的身段，把自己捲好捲滿，指導東郭先生怎麼將我塞到袋子裡，果然一次到位。

過一會兒，趙簡子到來，只聽到他很生氣砍了東西，威脅東郭先生，隱匿我的行蹤，就要他死。東郭先生好像跪著膝行，跟趙簡子說甚麼歧路亡羊、守株緣木一大堆，讓人摸不著頭緒的話；後面我可懂了，他罵我本性貪狼，豺狼一夥。還好，他終究沒供出我，趙簡子也相信他的話，走了。

我在袋子裡好一會兒，覺得大軍已遠，東郭先生好像沒有要讓我出來的意思，糟糕，該不會就這樣被逮住了？趕緊放聲跟他說，請他放我出來，幫我拔箭，我就離開。當他放我出來時，我肚子實在餓，就跟他表示讓我吃了他吧。

傳裡說我咆哮，哪有，我可真餓了，為了讓他聽清楚，死得明白，說話大聲點。靈機一動，用他跟我和趙簡子講的，胡扯一通，希望他發揮兼愛精神，捨身讓我飽餐一頓。誰知，他說得好聽，實際上做不到，不成全我。既打我，又繞著驢子跑，還說我辜負他。我實在餓，跑不動了，喘到不行。最後東郭先生說，要找三老者評評理，他們說我可以吃他，我就吃他。我想也算合理，後續再說吧。

接下來，我們碰到一杏樹，一老母牛，都訴說人類對他們有多不公平，也贊成我吃了東郭先生。每聽到贊成，實在很餓，就撲向他；但還是很克制自己要找到第三個老者。接下來，找到一個老者，願意聽我們各自講理由，東郭先先說他委屈，老人用枴杖打我，罵我忘恩負義。我說他救我，其實是想獨吞，談不上恩情。

老人說，那麼重新演一次當時狀況吧。我自己進去袋子裡，結果就聽到老者跟東郭先生說我忘恩負義，要他殺我。最後兩人一起把我殺死，丟在路上。我斷氣之前，還聽到他倆的笑聲。

事情的過程就是這樣，我到底哪裡兇殘狡猾了？趙簡子人多勢眾，欺負我一隻狼；杏樹、老母牛，都是因自己遭遇而判斷，我可沒有威脅它們；東郭先生說兼愛，做不到兼愛；那老人說儒家大道理，卻又理所當然騙我、殺我。跟他們比起來，我算兇殘狡猾嗎？明明自己也有問題，卻要拿我當主角，寫一篇文章來警惕後世，這算什麼啊？

## 6.1.5　延伸閱讀

逾時，道無行人。狼饞甚，望老木僵立路側，謂先生曰：「可問是老。」先生曰：「草木無知，叩焉何益？」狼曰：「第問之，彼當有言矣。」先生不得已，揖老木，具述始末。問曰：「若然，狼當食我耶？」木中轟轟有聲，謂先生曰：「我杏也，往年老圃種我時，費一核耳。逾年，華，再逾年，實，三年拱把，十年合抱，至於今二十年矣。老圃食我，老圃之妻子食我，外至賓客，下至於僕，皆食我；又復鬻實於市，以規利於我，其有功於老圃甚巨。今老矣，不得斂華就實，賈老圃怒，伐我條枚，芟我枝葉，且將售我工師之肆取直焉。噫！樗櫟之材，桑榆之景，求免於斧鉞之誅而不可得。汝何德於狼。乃覬免乎？是固當食汝。」言下，狼復鼓吻奮爪以向先生。先生曰：「狼爽盟矣！矢詢三老，今值一杏，何遽見迫邪？」復與偕行。

狼愈急，望見老牸曝日敗垣中，謂先生曰：「可問是老。」先生曰：「曩者草木無知，謬言害事。今牛，禽獸耳，更何問為？」狼曰：「第問之。不問，將咥汝！」

先生不得已，揖老牸，再述始末以問。牛皺眉瞪目，舐鼻張口，向先生曰：「老杏之言不謬矣。老牸繭栗少年時，筋力頗健。老農賣一刀以易我，使我貳群牛，事南畝。既壯，群牛日以老憊，凡事我都任之：彼特馳驅，我伏田車，擇便途以急奔趨；彼將躬

耕，我脫輻衡，走郊坰以辟榛荊。老農親我猶左右手。衣食仰我而給，婚姻仰我而畢，賦稅仰我而輸，倉瘐仰我而實。我亦自諒，可得帷席之蔽如狗馬也。往年家儲無擔石，今麥收多十斛矣；往年窮居無顧藉，今掉臂行村社矣；往年塵卮罌，涸唇吻，盛酒瓦盆半生未接，今醴黍稷，據尊罍，驕妻妾矣；往年衣裋褐，侶木石，手不知揖，心不知學，今持兔園冊，戴笠子，腰韋帶，衣寬博矣。一絲一粟，皆我力也。顧欺我老，逐我郊野；酸風射眸，寒日弔影；瘦骨如山，老淚如雨；涎垂而不可收，足攣而不可舉；皮毛具亡，瘡痍未瘥。老農之妻妒且悍，朝夕進說曰：「牛之一身，無廢物也：肉可脯，皮可鞟，骨角且切磋為器。」指大兒曰：『汝受業庖丁之門有年矣，胡不礪刃於硎以待？』跡是觀之，是將不利於我，我不知死所矣！夫我有功，彼無情乃若是，行將蒙禍。汝何德於狼，覬倖免乎？」言下，狼又鼓吻奮爪以向先生，先生曰：「毋欲速！」

遙望老子杖藜而來，鬚眉皓然，衣冠閒雅，蓋有道者也。先生且喜且愕，舍狼而前，拜跪啼泣，致辭曰：「乞丈人一言而生！」丈人問故。先生曰：「是狼為虞人所窘，求救於我，我實生之。今反欲咥我，力求不免，我又當死之。欲少延於片時，誓定是於三老。初逢老杏，強我問之，草木無知，幾殺我；次逢老牸，強我問之，禽獸無知，又將殺我；今逢丈人，豈天之未喪斯文也！敢乞一言而生。」因頓首杖下，俯伏聽命。

丈人聞之，歔欷再三，以杖叩狼曰：「汝誤矣！夫人有恩而背之，不祥莫大焉。儒謂受人恩而不忍背者，其為子必孝；又謂虎狼知父子。今汝背恩如是，則並父子亦無矣！」乃厲聲曰：「狼速去！不然，將杖殺汝！」狼曰：「丈人知其一，未知其二，請愬之，願丈人垂聽！初，先生救我時，束縛我足，閉我囊中，壓以詩書，我鞠躬不敢息，又蔓詞以說簡子，其意蓋將死我於囊，而獨竊其利也。是安可不咥？」丈人顧先生曰：「果如是，羿亦有罪焉。」先生不平，具狀其囊狼憐惜之意。狼亦巧辯不已以求勝。丈人曰：「是皆不足以執信也。試再囊之，吾觀其狀，果困苦否。」狼欣然從之，信足先生。先生復縛置囊中，肩舉驢上，而狼未知之也。

丈人附耳謂先生曰：「有匕首否？」先生曰：「有。」於是出匕。丈人目先生，使引匕刺狼。先生曰：「不害狼乎？」丈人笑曰：「禽獸負恩如是，而猶不忍殺。子固仁者，然愚亦甚矣。從井以救人，解衣以活友，于彼計則得，其如就死地何！先生其此類乎？仁陷於愚，固君子之所不與也。」言已大笑，先生亦笑，遂舉手助先生操刃共殪狼，棄道上而去。

## 6.1.6 習作

| 班級 | | 姓名 | | 學號 | | 評分 | |
|---|---|---|---|---|---|---|---|

東郭先生和中山狼，各自陳述事情發展經過，你看清楚了嗎？誰是誰非呢？故事後續發展是他們去找三老者，問狼到底可不可以吃東郭先生。

請參考延伸閱讀，試著完成下列兩個部分：

一、整理三老者（老木、老牸和老人）的看法。

二、試著評論誰是誰非？或者整理對整個故事的看法。

單元 7

# 聲引力

**7.1**

聲情／賴崇仁　編撰

此時無聲勝有聲？窺探聲音的表情／賴崇仁

# 7.0 | 導讀

吳賢俊　導讀

　　聲音直接牽動情緒的高低起伏。甚至一聽到聲音，腦海就會浮現由聲音聯想出來的畫面。聲音是有表情的，這正是廣播劇的魅力所在。說、學、逗、唱的相聲，光利用口技的表演，便能輕易博得滿堂喝采。屬於視聽綜合藝術的戲劇，在聲音方面，除音樂與歌曲以外，扣人心弦的台詞演繹，為表演畫龍點睛。對於 YouTuber 而言，發音的悅耳又具個性特色，無疑是受歡迎的因素。在在顯示，「聲引力」（聲音吸引力）的重要性，不容低估。

　　本單元先從口語的諧音逗趣，以及台詞的表演藝術，如何營造歡愉，娛樂大眾，領略「聲引力」的美妙效果；最後授予錦囊，教導訓練「聲引力」的要訣，下一番功夫，提升自己的「聲引力」。

# 7.1 │ 聲情

賴崇仁　編撰

## 7.1.1　解題

老子的《道德經》曾說：「五色令人目盲，五音令人耳聾，五味令人口爽，馳騁畋獵令人心發狂……」指的是人類過度沈溺於感官刺激，不但傷身，也傷心志。但大千世界裡的感官經驗，往往也是人們認定自身存在不可或缺的憑藉。

本單元討論「聲音」，一種無人不知卻一言難盡的事物，如果要你用一句話形容「聲音」，恐也指涉萬端而難一言以蔽。

究竟，聲為何物？本篇將從我們既熟悉又有點陌生的面向，初步歸納人們對於「聲音」的認知。

## 7.1.2　作者

賴崇仁，逢甲大學中國文學博士，僑光科技大學助理教授。曾編寫聯經出版，《大學文學交響曲》第三單元〈千古論英雄〉。

## 7.1.3　課文

### 此時無聲勝有聲？
### 窺探聲音的表情

賴崇仁

　　在電影《星際效應》中，男主角馬修·麥康納（Matthew David McConaughey）有一幕戴著耳機，聆聽地球上大自然聲音的畫面，令人印象深刻。太空人的訓練項目中，有一項是在極安靜的隔音室中獨處，因為真空的宇宙，就是一個巨大的無聲隔音室，必須測試太空人在絕對安靜的環境中，會有什麼樣的生理反應。日前一項研究結果顯示，一般人類在接近無聲的環境中獨處，最長的時間無法超過45分鐘，太久就會產生幻覺。

　　聲音，是人類生活中重要的元素。

　　沒有抑揚頓挫的聲音，就像沒有音樂的世界，聲音與人的情緒相連動，詩歌也是詞與曲調的組合，眼睛閱讀字詞、耳朵聽見音律，心中湧起感動。

　　村上春樹的長篇小說《世界末日與冷酷異境》第三十回裡面有一段關於「歌」的描寫很有意思；

　　……「妳記得妳母親喜歡什麼東西嗎？」

　　「嗯，我記得很清楚。她喜歡太陽、散步、夏天的戲水，還有也喜歡接近獸。我們在暖和日子經常散步呢。平常街裏的人是不會散步的。你也喜歡散步吧？」

　　「對了，母親常常在家裏自言自語。我不知這能不能算喜歡，不過總之她常常自言自語。」

　　「關於什麼呢？」

「不記得了。不過不是一般的自言自語。我沒辦法說明清楚，不過那大概對母親來說是很特別的事吧。」

「特別？」

「嗯，好像有什麼很奇妙的腔調，把話拉長縮短的。簡直像被風吹著似的。忽而高亢忽而低沉⋯⋯」

我一面看著她手中的頭骨，一面試著從模糊的記憶中探索。這次有什麼打動了我的心。

「是歌。」我說。

「你也會說這樣的話嗎？」

「歌不是用說的，是用唱的。」

「你唱唱看吧。」她說。

⋯⋯**1**

在生活中「歌」已經是不需多加解釋的名詞，所以當村上這樣描寫歌聲時，竟有種莫名的怪異；把唱歌形容為像是被風吹著的自言自語，也只能感嘆偉大的小說家驚人的文字運用能力。在物理上，不同的聲音代表著不同的波長，是物品與空氣摩擦所產生的，應屬於大自然中客觀的存在，但聲音卻經常不只是聲音。《詩經》的詩大序中說明了人的情緒會透過聲音來呈現，甚而不同的時代文化也會蘊育出相對應的樂音：

詩者，志之所之也。在心為志，發言為詩，情動於衷而形於言，言之不足，故嗟歎之，嗟歎之不足，故咏歌之，咏歌之不足，不知手之舞之，足之蹈之也。情發於聲，聲成文謂之音，發，猶見也。聲，謂宮商角徵羽，聲成文者，宮商上下相應也。治世之音安以樂，其政和，亂世之音怨以怒，其政乖，亡國之音哀以思，⋯⋯

---

1　村上春樹著，賴明珠譯（1994），《世界末日與冷酷異境》（頁298-299）。臺北：時報文化。

在童蒙教育時，教導小學生早晨見到老師要問好，然而，同樣是小學生遇見老師鞠躬問好的場景，從不同學生口中的一句：「老師早！」卻有著諸多不同的樣貌。因此，言者無心，聽者有意，說的都是聲音和人心的感受是有關聯的。

正因為聲音與人的感知有著不可切割的連動，文學作品中經常可見藉由聲音的摹寫，意圖具象作者腦中的畫面。駢文的佳作〈與宋元之書〉有段描寫聲音的內容：「泉水激石，泠泠作響；好鳥相鳴，嚶嚶成韻。蟬則千轉不窮，猿則百叫無絕。」有機無機的物體都有代表聲響，讀著自然而然的勾勒畫面感。而白居易的〈琵琶行〉更是聲音摹寫的經典傑作：「……大絃嘈嘈如急雨，小絃切切如私語。嘈嘈切切錯雜彈，大珠小珠落玉盤。間關鶯語花底滑，幽咽泉流水下灘。水泉冷澀絃凝絕，凝絕不通聲漸歇。別有幽愁暗恨生，此時無聲勝有聲。銀瓶乍破水漿迸，鐵騎突出刀槍鳴。……」無聲勝有聲時，聽者心裡所蘊含的，恐是驚蟄的春雷轟然，如同恐怖片背景音樂緩緩流瀉時，雖未見任何可怖之物，氛圍已足令人坐立難安。

古文中描寫聲音的佳作不在少數，但清朝林嗣環的小品文〈口技〉是描寫聲音中不可不提的精采作品。

京中有善口技者。會賓客大宴，於廳事之東北角，施八尺屏障，口技人坐屏障中，一桌、一椅、一扇、一撫尺而已。眾賓團坐。少頃，但聞屏障中撫尺一下，滿坐寂然，無敢譁者。

遙聞深巷中犬吠，便有婦人驚覺欠伸，其夫囈語。既而兒醒，大啼。夫亦醒。婦撫兒乳，兒含乳啼，婦拍而嗚之。又一大兒醒，絮絮不止。當是時，婦手拍兒聲，口中嗚聲，兒含乳啼聲，大兒初醒聲，夫叱大兒聲，一時齊發，眾妙畢備。滿坐賓客無不伸頸，側目，微笑，默嘆，以為妙絕。

未幾，夫齁聲起，婦拍兒亦漸拍漸止。微聞有鼠作作索索，盆器傾側，婦夢中咳嗽。賓客意少舒，稍稍正坐。

忽一人大呼：「火起」，夫起大呼，婦亦起大呼。兩兒齊哭。俄而百千人大呼，百千兒哭，百千犬吠。中間力拉崩倒之聲，火爆聲，呼呼風聲，百千齊作；又夾百千求救聲，曳屋許許聲，搶奪聲，潑水聲。凡所應有，無所不有。雖人有百手，手有百指，不能指其一端；人有百口，口有百舌，不能名其一處也。於是賓客無不變色離席，奮袖出臂，兩股戰戰，幾欲先走。

忽然撫尺一下，羣響畢絕。撤屏視之，一人、一桌、一椅、一扇、一撫尺而已。

～摘自 林嗣環《虞初新志》[2]

以文字來描寫聲音的奇趣多端，這算是十分到味的作品了。文章可分為五段，第一段和第五段的「撫尺一下」便是表演開始與結束；觀眾（聽眾）的注意力都在屏障後面那一人，所有的聲音也都出自這善口技者。表演時沒有提供任何畫面，光是靠著一個人所發出的聲音，就可以讓現場的觀眾猶如置身火災現場，甚至「變色離席，奮袖出臂，兩股戰戰，幾欲先走」，這一人分飾Ｎ角的絕技，更顯得文章開頭輕描淡寫的「京中有善口技者」，頗有故作輕鬆，而欲使人拍案叫絕的用意。

直至今日，以聲音來創造趣味的例子，常見於不同的文學、表演型式中，普羅大眾的俚俗演出裡也所在多有。如綜藝節目短劇中經常出現的橋段套式，常以諧音引起的一連串誤會，可以視為聲音趣味的老梗。白賊七是臺灣民俗故事裡知名的諧星角色，在白賊七的故事裡有一段老師教授白賊七唸古書的橋段，頗能見到諧音帶來的趣味。

（以下對話以台語發音）

師：融四歲，能讓梨。

七：融四歲，能讓梨。

師：弟於長，宜先知。

---

2　林嗣環（1992），〈口技〉，《閒情逸趣：明清小品》。臺北：時報文化。

七：弟於長，魚生豬。

師：什麼咧魚生豬，魚亦會生豬是不，是宜先知啦。

七：呼！宜先知。

師：知是知。

七：豬是獅！（眾聲笑）

師：不是豬是獅，是知是知，知是心肝內的知。

七：否，豬是獅，獅是深山內的獅。

師：啊唉呀，教不來，明明是牛喔，牛到北京亦是牛啦。

……

師：再來，上大人，孔乙己。

七：好！伺大人，上呆死。

師：不是伺大人，上呆死。

七：呼，我知，土豆仁，講仔米。

師：聽好，上大　人　孔　乙　己。

七：呼，上大人，孔乙己。

師：對啦，讀下去，化三千，七十士。

七：喚三聲，走袜雕。

師：不是，是化　三　仟　七　十　士，念明白。

七：化三千，七十士。

師：對！兩句接著唸下來。

七：伺大人，上呆死，喚三聲，走不離！[3]

　　劇情的設定是白賊七在學堂中，老師抽他背頌昨天教的三字經，他一句也唸不出來，老師於是唸一句請他跟著唸，結果他將「弟於長

---

3 歐雲龍編作（1969），《正本白賊七（第一集）》，唱片號：LLP-7023。臺北：龍鳳唱片。

宜先知」，唸成「弟一長魚生豬」，老師又教了他一次，他又將「宜先知」唸成「豬是獅」，老師又再糾正他一次，跟他說「知」是「知」，「知」是心肝內的「知」，他又唸成「豬是獅」，「獅是深山林內的獅」。老師只好再請他拿著書本唸另一段課文，他又把「上大人孔乙己」唸成是「大人上歹死」，老師又教了他一次，是「上大人孔乙己，他三千七十士」，他又唸成「土豆仁拱仔米，喊三聲跑不離」。老師忍無可忍，打了他一頓將他趕回家。雞同鴨講的對話總是笑點的來源，但在現實生活中，因理解失焦，而造成誤解的卻會讓人哭笑不得。白賊七與老師間的對話，明顯有裝瘋賣傻的成份，但也說明了聲音或許真的不只是客觀的存在，而是講者與聽者之間產生的關聯。

　　喜劇的表演橋段裡也經常使用不同語言間的諧音梗，例如下面這段英文老師在教學生阿笑時的對話：

（以下對話以台語發音）

師：手的英文叫 HAND。

笑：就和「推倒」同音啦。

師：我愛你的英文 I love you。

笑：哈氣流目油。

師：你愛我的英文 You love me。

笑：米粉摻魯麵。

師：伊是我呃某，英文 She is my wife。

笑：叫伊毋通甲我從歪起。

師：伊是美國籍的日本人，英文是 He is American Japanese。

笑：伊厝底走私，賣鴨片真有本事。[4]

---

4　歐雲龍指揮（1967），《三八笑仔學英語》，唱片號：LLP-2004。臺北：龍鳳唱片。

我們應該都有這種經驗：沒有看歌詞聽歌，自行解讀了歌手演唱的內容；看了歌詞後，才發現和原本以為的不一樣。笑話劇裡面老師和學生的對話，除了有諧音造成的誤會、員工的裝瘋賣傻外，這些劇情的安排，無非都是為了利用語音的誤解來設計出趣味，就如同電影裡把「I love you」唸成國語「愛老虎油」，「Good morning」唸成台語的「牛無奶」。

再舉一個劇曲的例子，觀察聲音在故事講述時所扮演的角色。元朝關漢卿知名雜劇《感天動地竇娥冤》的情節廣為人知，講述童養媳竇娥被張驢兒逼婚不成遭誣告，嫁禍她殺害張老，官府將竇娥屈打成招的故事；臨行刑前，竇娥含冤發三願：血不落地全染白練、最熱的夏日三伏天降瑞雪遮住屍首、楚州亢旱三年。這也是後人以「六月飛雪」代表冤情的故事原型。

竇娥受刑的情節在劇本的第三齣裡；

（外扮監斬官上）下官監斬官是也。今日處決犯人，把住巷口，休放往來人走。（丑發鼓三通，打鑼三下科）（劊子磨刀科）（定頭通鑼鼓科）（正旦帶枷上）

（劊子云）行動些！把住巷口。

……

（劊子）兀那婆子靠後！時辰到了也。（旦跪下科）（劊子開枷科）

（旦）竇娥告監斬官：要領一淨席。我有三件事，肯依竇娥，便死無怨：要丈二白練挂在旗鎗上，若刀過處頭落，一腔熱血休落在地下，都飛在白練上者；若委實冤枉，如今是三伏天道，下尺瑞雪，遮了竇娥屍首；著這楚州亢旱三年。

（劊子）打嘴！那得此話！（劊子磨旗科）

……

（劊子）天色陰了，呀！下雪了！（劊子撼雪天發願科）（磨旗、劊子遮住科）

（旦）霜降始知說鄒衍，雪發方表竇娥冤。

（行刃劊子開刀剒頭）（付淨攛尸）

（劊子云）好妙手也。咱喫酒去來（眾和下。抬尸下）[5]

如果以小說的寫法，則成為：

監斬官說：「今天要處決犯人，把出入口顧好，不要讓閒雜人進入」。於是打鼓的、劊子手都開始有了動作，犯人竇娥也被帶了上來。劊子手也說：「動作快點，把出入手守好」。

竇娥被帶上了刑場，劊子手說：「靠後一點，時辰到了」，竇娥跪下，劊子手把開竇娥的枷鎖。竇娥跟監斬官說：「我要一張乾淨的席子。另外，我有三個請求，如果可以答應我，我死而無憾。首先，我要一條丈二長的白布掛在旗鎗上，等到刀子砍下頭時，熱血半滴都不落在地下，全染在白布上；第二，如果竇娥真的是冤枉，這六月天裡，會下尺深的大雪，將竇娥的屍首掩蓋；最後，希望楚州三年大旱。」劊子手說：「閉嘴，那有這麼多廢話。」劊子手又說：「天色不早了，唉呀！下雪了解」眾人伸手揮著降下的雪。

竇娥唱著：「陰陽五行都是有所依據的，下雪正表示了竇娥的冤屈。」

劊子手動手鍘了竇娥的頭，幫手端倒竇娥的屍體。

劊子手說：「這砍頭的技術真好，走，我們喝酒去」。

無論以劇本或小說的形式呈現，讀者的腦海中皆能勾勒出畫面，但必須依靠想像；如果將上述的情節加入聲音，產生的效果可能就有全然不同的變化。例如：「劊子磨刀科」，就是劊子手做磨刀的動作，「科」描述了視覺感官的動作，但究竟竇娥請求時的聲音如何？是苦苦的哀求？淡然自若？厲聲毒誓？而劊子刀在行刑之後所說的話，是冷眼嬉笑？還是故作鎮定，一如夜行者的哨音？

兩者的結果可能截然不同，這些，文字的描述沒有交代，我們便無從得知，只能由讀者各自解讀。

因此，我們常常說，聲音是有表情的。

---

5　關漢卿，《感天動地竇娥冤》，《古名家雜劇》本。

　　屬於男生陽剛的聲音、屬於女生嬌柔的聲音、屬於兒童稚氣的聲音或屬於小大人幼嫩卻裝成熟的聲音等等，不同的聲音，背後都有其代表的身份，與相對應的表情。但有時，這也是一種標籤。志玲姐姐招牌的娃娃音是大多數人都能認同的溫柔聲音，然而，如果客服在解釋產品功能的特性時，娃娃音會不會被解讀成太過稚嫩、不夠專業？我們經常容易落入聲音標籤的陷阱中，產生錯誤的判斷。

　　「治世之音安以樂、亂世之音怨以怒、亡國之音哀以思」，從聲音的表情就能辨識不同的時代。相同的時空裡，主人翁聲音表情的差異，也可能營造出截然不同的情境。

　　如同上述雜劇中劊子手在砍下竇娥的頭後，聲音表情的差異，殘忍嬉笑的聲音顯示出無情世故的殘忍，令人厭惡生畏的形象；但如果是故作鎮定、吹哨壯膽，則又是另一種不同的形象。

　　把聲音的表情加入故事中，則成為：

　　監斬官說（帶有命令的聲音）：「今天要處決犯人，把出入口顧好，不要讓閒雜人進入」。於是打鼓的、劊子手都開始有了動作，犯人竇娥也被帶了上來。劊子手也說：「動作快點，把出入手守好」。

　　竇娥被帶上了刑場，劊子手說：「靠後一點，時辰到了」，竇娥跪下，劊子手把開竇娥的枷鎖。竇娥跟監斬官說：「（聲音堅定）我要一張淨的席子。另外，我有三個請求，如果可以答應我，我死而無憾。首先，我要一條丈二長的白布掛在旗鎗上，等到刀子砍下頭時，熱血半滴都不落在地下，全染在白布上；第二（聲音淡然，略顯無奈），如果竇娥真的是冤枉，這六月天裡，會下尺深的大雪，將竇娥的屍首掩蓋；最後（聲音含恨如詛咒），希望楚州三年大旱。」劊子手說：「閉嘴，那有這麼多廢話。」劊子手又說：「天色不早了，唉呀！下雪了解」眾人伸手揮著降下的雪。

　　竇娥唱著：「陰陽五行都是有所依據的，下雪正表示了竇娥的冤屈。」

　　劊子手動手鍘了竇娥的頭，幫手踢倒竇娥的屍體。

　　劊子手說（聲音強做鎮定）：「這砍頭的技術真好，走，我們喝酒去」。

　　這是一個版本。但如果把聲音的部分都改換另一種方式呈現，整齣戲給觀眾（讀者）的感受就可能大不相同，成了另一個版本。

　　人類的感官—眼、耳、鼻、舌、身、意，都有其掌管的範圍。我們用眼睛閱讀文字、獲取影像；用耳朵接收聲音，形成最重要的感知系統，我們日常中的行為總是自然而然：看小說、看電影、看報紙、看相聲表演、看網路直播等等，但這些僅只是用眼睛看嗎？再想像沒有畫面的場景：聽相聲、聽戲、聽新聞廣播、聽歌、聽有聲書。有影像時，我們容易忽略聲音的存在。現代人喜歡追劇，有人用眼睛追劇，有人用耳朵追劇，有人用生命追劇；配音員是影視圈裡重要的角色，優秀的聲優對影視作品必有畫龍點睛的效果。外來的電視劇或電影常會搭配本國的配音，習以為常後，人物的角色和聲音就融合成統一的形象，這時如果再換成原始的配音，好像就有種說不出來的奇異感。以周星馳配音為例，只要聽到熟悉的招牌笑聲，即使沒看到畫面，大家都知道是星爺來了。

　　聲音的形象對生活的影響舉足輕重。我們該如何認知、理解聲音裡的資訊呢？可掌握下列幾項要點：

1. 專注

　　相對於視覺而言，眼睛可以閉上，耳朵卻無法關閉；除了把耳朵摀住外，人類無法阻止聲音的傳入，但馬耳東風、充耳不聞這些成語，都說明了人類有時並沒有真正地「聽見」聲音。專注是接受聲音時最重要的步驟，讓自己處理專心聽的狀態裡，聲音就不再只是左耳進、右耳出的雜訊。

2. 化繁為簡，以邏輯分類、記下關鍵字詞

　　聲音的種類繁多，沒有邏輯的接收，只能讓聲音短暫地停留在記憶的暫存區；為了不要讓重要的聲音訊息稍縱即逝，平時就可以透過訓練將訊息歸類，分類後的聲音認知的範圍就會縮小，提昇理解的把握度。再將聲音訊息中的關鍵字記下，就能有效的掌握

心得寫作

完整的聲音資訊。

3. 融入情境,試圖想像

如果能事先了解聲音的主題範圍,就能讓自己預先做好準備,收集腦中與主題有關的資訊,想像對方可能說出的聲音訊息,如此就能加速對聲音資訊的解讀,縮短對聲音訊息反應的時間。

4. 說出來,勇於表達,習慣聽聽自己的聲音

聲音訊息的表現與字數、速率、語調、主題等有關,在接收聲音訊息時,節奏的掌握是重要的因素,同學們應該都見識過這樣的場景:在台下聊天時,聲音自然又宏亮;上台拿麥克風後,聲音卻如同小貓咪。聲音的表達和接收必須與節奏有關,我們經常認為某人台風穩健,事實上只是其掌握了對的節奏,因此平時可以訓練自己習慣自己的聲音,練習語調及速率,清楚的表達自己想傳達的聲音訊息。

我們在觀賞默劇時透過想像理解劇情,但在看直播主蔡阿嘎的影片時,主角的表情和聲音則視為一體的接收,因此,即使只聽到蔡阿嘎的聲音,腦中也自然出現他的表情。將聲音影像化刻印在腦海中,我們將更有意識地掌握聲音資訊,透析聲音的表情。

# 7.1.4 延伸閱讀

一、Hotdoor，〈全球最靜「無聲密室」/ 最安靜的消音室 the world's quietest room〉，https://hotdoor.blogspot.com/2012/04/worlds-quietest-room.html。

二、李晏如（2019），〈《現場》劇本不是在寫文字，而是寫行動：王嘉明 & 簡莉穎對談〉，OPEN BOOK 閱讀誌，https://www.openbook.org.tw/article/p-63022。

三、電影：《二分之一的魔法》。

四、那些電影教我的事（2020），〈影評 1/2 的魔法：先看這個才看得懂電影｜票房救星來啦｜為什麼要叫 ONWARD｜留言抽原著繪本｜劇透〉，https://m.youtube.com/watch?v=vVPl11VV47I&feature=youtu.be。

五、賴盈達（2022），《好聲音診療室：在「只聞其聲便知其人」的自媒體時代，讓好聲音為你打造完美形象》。新北：和平國際。

# 7.1.5　習作

| 班級 | | 姓名 | | 學號 | | 評分 | |
|------|--|------|--|------|--|------|--|

一、同樣的劇本，以不同的聲音表情。

二、錄一段直播主或一段新聞報導的台詞，試著模仿腔調，講給別人聽。

三、找段小說或漫畫的段落，配寫聲音稿。

四、劇本寫作練習。

五、模仿〈口技〉的形式，寫一段聲音的稿子。

note book

# note book

note book